Domaine italien dirigé par
Jean-Noël Schifano

LA FEMME-LÉOPARD

ALBERTO MORAVIA

LA FEMME-LÉOPARD

roman

Traduit de l'italien par
René de Ceccatty

FLAMMARION

Titre de l'ouvrage en langue originale :
LA DONNA-LEOPARDO

© Gruppo editoriale Fabbri, Bompiani,
Sonzogno, Etas S.p.A., Milan, 1991

Pour la traduction française :
© Flammarion, 1991

ISBN 2-08-066659-2
Printed in France

CHAPITRE PREMIER

Le voyage s'annonçait problématique à cause de l'indécision de Nora. Lorenzo devait se rendre au Gabon pour un reportage; il était prévu que Colli, le propriétaire du journal, les accompagnerait; mais Nora, encore une semaine avant le départ, répétait qu'elle n'avait pas envie d'être du voyage. Du reste, combien fallait-il de temps pour faire une valise? Une demi-heure, une heure tout au plus.

Qu'on la laisse donc tranquille! Elle prendrait sa décision au dernier moment, la veille du départ.

Or, Lorenzo voulait savoir au moins ce que cachait ce « je n'en ai pas envie ». Il y fit donc allusion à plusieurs reprises, sans trop insister, pour qu'elle le dise, mais sans obtenir d'autre réponse que cette réplique exaspérée : « Je n'en ai pas envie, un point c'est tout! » Finalement, une nuit, au moment de se coucher, sous le coup d'une impulsion soudaine, Lorenzo se résolut à forcer Nora à s'expliquer, en lui parlant de façon sérieuse et directe.

Elle était alors assise devant une coiffeuse à trois lampes qui occupait tout l'espace face à la fenêtre. Du lit où il était allongé, il pouvait voir trois reflets de Nora, se répétant dans les trois miroirs : le visage d'éphèbe, aux traits estompés et fuyants, enclos dans le casque d'or de ses cheveux blonds coupés court à la garçonne, les yeux bleus que la pupille dilatée envahissait entièrement, à la fois lumineux et comme privés de regard, le buste nu, aux seins à peine esquissés, au dos maigre, le slip immaculé, les cuisses musclées. Elle se démaquillait avec un tampon de coton, il attendit qu'elle eût déposé l'ouate et se fût avancée vers le miroir pour mieux examiner son visage et déclara :

« Ecoute, il faut que je te parle.

— Que tu me parles ? »

Sa voix était distraite, indifférente.

« Et de quoi donc ?

— Tu le sais parfaitement : du voyage.

— Je t'ai déjà dit que je me déciderai au dernier moment.

— Non, il faut que nous en parlions maintenant.

— Pourquoi ?

— Tu dis que tu n'as pas envie de partir. Je veux savoir ce que cache cette phrase.

— Quelle phrase ?

— " Je n'en ai pas envie. "

— Mais rien. Je n'en ai pas envie parce que je n'en ai pas envie, voilà tout.

— Nora, parlons sérieusement.

— Enfin que me veux-tu ?

— Je voudrais que tu réfléchisses et trouves de toi-même la raison pour laquelle tu n'as pas envie d'aller au Gabon. »

Il la vit se regarder fixement dans le miroir avec une espèce de bonne volonté enfantine [...] [1]. Puis, elle répondit :

« C'est fait. J'ai réfléchi et je n'ai rien trouvé. Je n'en ai pas envie, comme ça, sans raison. »

Elle se tut un moment puis reprit toujours avec cette bonne volonté docile :

« Tu n'es pas convaincu ? Alors voici ce qu'on va faire : tu vas poser des questions et moi je vais te répondre. Si tu me demandes quelque chose qui n'est pas vrai, je te dirai : tu gèles, tu gèles, tu sais, comme dans le jeu, si tu approches la vérité, je te dirai : tu brûles, tu brûles ! »

Il répondit, découragé :

« Toi, tu es toujours prête à jouer.

— Oui, j'aime jouer, quel mal à ça ? »

Nora avait fini sa toilette. Elle se leva, vint près du lit, ôta son slip et accomplit son geste rituel que Lorenzo aimait et connaissait : d'une main elle se massa le triangle de poils blonds frisés aplatis et comprimés du pubis comme pour les raviver après le long enserrement. Puis elle passa sa chemise de nuit ample et courte par la tête et s'assit, sur les couvertures, près du chevet. Elle demanda légèrement, avec indifférence :

« Alors tu es sûr que tu ne veux pas jouer ? »

Lorenzo hésita. Peut-être, songea-t-il, était-il inutile d'insister pour savoir ce que, si on l'en croyait, elle ignorait encore. Mais il lui sembla qu'au-delà de la question du voyage il y avait quelque chose d'obscur et de réel qu'il se devait de découvrir. Il dit de mauvaise grâce :

1. Voir note p. 199.

« Bon d'accord. Alors : tu n'en as pas envie parce que tu n'aimes pas l'Afrique ?

— Tu gèles, tu gèles. J'aime ou plutôt j'aimerai l'Afrique, je suis certaine que je l'aimerai.

— Alors, hésita Lorenzo, alors tu ne veux pas y aller parce que ça ne te fait pas plaisir que Colli nous accompagne ?

— Tu gèles, tu gèles. Je n'ai rien contre lui. Je le connais à peine.

— Alors tu ne veux pas y aller parce qu'il y a quelque chose qui te retient à Rome.

— Tu gèles, tu gèles. Je n'ai vraiment rien qui me retienne à Rome.

— Alors tu as un pressentiment, tu as l'impression que quelque chose t'attend en Afrique.

— Tu gèles, tu gèles. Ce que tu dis revient exactement au même : oui, peut-être que j'ai un pressentiment, mais avoir un pressentiment et ne pas avoir envie, est-ce que ce n'est pas la même chose ?

— Non, ce n'est pas la même chose, objecta Lorenzo. Avoir un pressentiment, ça veut dire prévoir quelque chose. Ne pas avoir envie, ça signifie ne pas vouloir faire quelque chose.

— Disons alors que les deux sont vrais : je n'ai pas envie et j'ai un pressentiment. Ou, si tu préfères, je n'ai pas envie parce que j'ai un pressentiment. »

C'était presque jouer sur les mots, mais Lorenzo remarqua que s'y exprimait parfaitement la tendance, innée chez Nora, à se dérober, à ne jamais accepter d'être acculée. Il lui demanda avec une affectueuse sévérité :

« Dis-moi alors pourquoi tu as un pressentiment.

— J'en ai un, c'est tout.

— Non, je me suis mal exprimé. Qu'est-ce qui t'inspire un pressentiment ? De quelle espèce de pressentiment s'agit-il, si tu veux ? De quelque chose d'agréable ou de désagréable ?

— Eh bien, commença-t-elle en regardant un moment dans le vide. Ni agréable ni désagréable. J'ai le pressentiment que quelque chose va arriver.

— A qui ?

— Je n'en sais rien.

— Mais le pressentiment t'est inspiré par qui, par quoi ? »

Elle prit la question au sérieux, baissa la tête pour réfléchir et lança avec une soudaine résolution :

« Par tout.

— Comment ça, tout ?

— Oui, par tout ce qui est en rapport avec le voyage.

— Le voyage est en rapport avec l'Afrique avant tout, puis avec nous trois, Colli, toi et moi. Et puis je n'en sais rien, tout ce qui peut survenir de notre relation avec l'Afrique et de nos relations mutuelles. »

Peut-être Nora ne savait-elle véritablement expliquer ce qu'elle éprouvait. Car elle approuva avec une ferveur soudaine :

« Oui, tu as raison, c'est exactement ce que tu dis : l'Afrique et nous trois, et nos relations mutuelles et avec l'Afrique. Exactement ça. »

Lorenzo s'amusait presque à présent.

« Procédons par ordre. Commençons par l'Afrique. Quel pressentiment l'Afrique fait-elle naître en toi ? »

Elle resta un moment silencieuse, paraissant réfléchir avant de répondre. Elle finit par déclarer :

« J'ai le pressentiment que quelque chose va nous arriver.

— Ça, tu l'as déjà dit.

— Non : que quelque chose nous arrivera " à cause " de l'Afrique.

— Tu as peur de l'Afrique ?

— Non, pourquoi ? Tout le monde y va. Au contraire, elle m'attire, c'est un voyage, une chose nouvelle.

— Alors pourquoi l'Afrique ?

— Eh bien, hésita-t-elle, parce que j'ai le pressentiment que l'Afrique, en ce moment, pourrait revêtir pour moi une importance particulière. Ce ne serait pas un voyage comme un autre, voilà.

— Pourquoi dis-tu " en ce moment " ? Quel moment est-ce ? »

Elle se décida soudain :

« C'est un moment spécial de ma vie.

— Pourquoi spécial ?

— Spécial. Je sens... » Elle hésita à nouveau. « ... Que je pourrais faire n'importe quoi. Et l'Afrique est justement l'endroit où j'aurais envie de faire n'importe quoi.

— Alors tu n'as pas envie d'aller en Afrique parce que en Afrique tu aurais envie de faire n'importe quoi.

— Voilà, c'est exactement ça », approuva-t-elle, ravie de cette espèce d'exercice de diction.

« Bref, résuma Lorenzo, pour le dire en deux mots : c'est un moment où tu t'ennuies et l'Afrique peut te stimuler à faire n'importe quoi rien que pour dissiper cet ennui. »

Il la vit secouer la tête :

« C'est ça et en même temps ce n'est pas ça. C'est vrai, je m'ennuie, je m'ennuie même énormément...

— Tu ne me l'avais jamais dit.

— Mais ce n'est pas l'ennui qui pourrait m'inciter à faire n'importe quoi. Enfin ce serait l'Afrique, tu vois, pas l'ennui. »

Lorenzo ne comprenait qu'une chose : que Nora ne savait pas trop ce qu'elle ressentait, et qu'elle répugnait à se le faire expliquer. Il dit :

« Bon, d'accord, laissons de côté l'Afrique, passons à nous trois ou plutôt à nous deux, Colli et moi, car tu es exclue, puisque c'est toi qui éprouves un pressentiment. Commençons par Colli. Peut-on savoir quelle sorte de pressentiment t'inspire quelqu'un comme lui ? »

Avec une stupeur mêlée d'un indéfinissable dépit, Lorenzo s'aperçut aussitôt que Nora ne partageait pas son point de vue sur leur futur compagnon de voyage. Il la vit méditer un instant et ensuite déclarer, avec des gestes lents et laborieux entre les phrases :

« Remarque bien que je le connais à peine. Je ne l'ai croisé qu'une fois, quand nous sommes allés ensemble au journal voir le directeur. Il se trouvait là et nous avons parlé du voyage en Afrique justement. Je ne sais pratiquement rien de lui, c'est peut-être pour ça que, comment dire, mon pressentiment est plus fortement lié à lui précisément ? »

Lorenzo répondit, déconcerté :

« A lui précisément ? Pourquoi donc ?

— Je n'en sais rien. »

Lorenzo regarda Nora et Nora regarda Lorenzo. Mais il eut l'impression que, si son regard à lui exprimait clairement surprise et dépit, celui des yeux bleus de Nora, à la fois lumineux et comme aveugle, n'exprimait rien. Elle dit enfin :

« C'est un pressentiment que je ne peux vraiment pas expliquer. Admettons que j'ai senti qu'entre lui et moi pourrait naître, comment dire, une sympathie. »

Au fond, pensa Lorenzo, tout en ayant l'air d'énoncer une vérité obscure et douteuse, en réalité elle avouait qu'elle se sentait attirée par Colli. Il demanda avec violence :

« Mais que racontes-tu ? Te rends-tu compte de ce que tu es en train de m'annoncer ? »

Il la vit s'étonner, conservant le même air sincère :

« Qu'est-ce que je dis ?

— Tu dis tout simplement que Colli te plaît.

— Ce n'est pas ce que j'ai dit. J'ai dit que je ne le connaissais pas du tout et malgré ça j'ai éprouvé le pressentiment qu'entre lui et moi il pourrait naître quelque chose comme une sympathie ou plutôt, disons, un intérêt, c'est ça, un intérêt de ma part à son égard et de sa part à mon égard. Si pour toi ça signifie que Colli me plaît et que je lui plais, eh bien, libre à toi de le penser. »

Lorenzo réfléchit : il y avait maintenant deux

ans qu'ils étaient mariés, mais c'était la première fois que Nora tenait ce genre de propos ; et pourtant il y avait en elle le naturel indifférent et au fond innocent que provoque l'habitude. C'était comme s'il avait été entendu depuis toujours entre eux qu'elle plaisait aux hommes et que les hommes lui plaisaient. Il se demanda s'il devait souligner le caractère scandaleux de ce naturel, et il décida que non ; si elle n'en était pas consciente, mieux valait ne pas éveiller ses soupçons. Il dit :

« Je ne le pense pas. Mais tu admettras que n'importe qui à ma place le penserait. »

Curieusement, maintenant ce qui le surprenait, c'était le fait que Colli était certainement la dernière personne qui aurait dû séduire Nora. Il se rappelait parfaitement leur rencontre dans le bureau du directeur du journal et il se souvenait également que l'idée ne l'avait même pas effleuré que Colli pût plaire à Nora. Il reprit, malgré lui :

« Mais comment t'es-tu aperçue que Colli t'intéressait ou que toi, tu intéressais Colli ? »

Désormais à son aise dans des confidences qui, de toute évidence, lui paraissaient tout à fait innocentes, Nora répondit :

« Oh, entre autres indices, surtout à la façon dont il m'a regardée.

— De quelle façon ?

— De la façon dont un homme regarde une femme qui lui plaît.

— Et toi, s'indigna Lorenzo, tu as regardé à ton tour Colli de cette façon ? »

Elle réfléchit, comme si elle n'était pas sûre de sa réponse, et reconnut enfin :

« Je crois que oui, en fait.

— Autrement dit, Colli doit penser qu'il te plaît.

— A sa place, c'est ce que je penserais, en effet. »

Lorenzo ne se remettait pas de la stupeur que lui inspiraient ces deux nouvelles : la première, que Nora, qu'il n'aurait jamais soupçonnée de pouvoir le tromper, semblait à présent très naturellement portée à le faire, et la seconde, que Colli était celui avec lequel elle pouvait le tromper. Il ne put s'empêcher de demander :

« Mais comment se peut-il que Colli te plaise ? Qu'est-ce que tu lui trouves ?

— Je n'ai pas dit qu'il me plaisait. J'ai dit qu'il m'intéressait.

— Mais qu'a-t-il d'intéressant ? Tu ne vas tout de même pas me dire qu'il a un physique intéressant ! Une asperge, un épouvantail, le crâne chauve avec une couronne de frisettes, des yeux minuscules d'un bleu délavé, un nez trop long, une bouche trop grosse avec des dents en râteau et le menton fuyant !

— Qu'est-ce que ça veut dire, " des dents en râteau " ?

— Tournées vers l'intérieur.

— Il n'est pas moche du tout. Pris isolément, ses traits peuvent être comme tu les décris. Mais tous ensemble, ils font l'effet d'un bel homme.

— Un bel homme, Colli ? Allons donc ! »

Nora ne dit rien, mais elle ne paraissait nullement convaincue ; son silence exaspéra Lorenzo.

« Quant à son caractère, c'est bien connu. C'est ce qu'on appelle un homme à succès.

— Qu'est-ce que ça veut dire, " un homme à succès " ? »

Lorenzo réfléchit. C'était vrai, il avait cité l'opinion commune, mais pour une fois, il trouvait qu'elle coïncidait avec ses propres impressions. Il expliqua lentement :

« Un homme à succès, c'est un homme qui, dans sa vie, a pour but le succès, un succès quelconque, et rien d'autre que le succès. Il ne m'est pas antipathique, mais ça n'empêche pas qu'il y ait en lui une certaine vulgarité. »

Nora posa une question inattendue :

« Mais toi-même, est-ce que tu ne cherches pas aussi le succès ? »

Lorenzo se tut un moment, déconcerté. Puis, il répondit brièvement, sans bien savoir pourquoi, avec amertume :

« Non, je ne cherche pas le succès, j'essaie seulement de bien faire ce que je fais, c'est-à-dire le métier de journaliste, c'est tout. »

Peut-être Nora perçut-elle cette obscure amertume. Contre toute attente, elle eut un mouvement d'affection envers lui. Elle se précipita vers lui, allongé sur le dos, posa la tête sur sa poitrine et lui entoura le cou de ses bras :

« Alors tu as pensé que Colli me plaisait ? Ne crains rien, c'est toi qui me plais, et rien que toi. »

Lorenzo eut la sensation que maintenant Nora tentait de remédier à la mauvaise impression qu'elle avait produite avec sa franchise à propos de ses pressentiments. Mais c'était une tentative tardive et maladroite, pensa-t-il, et ça ne l'empêchait pas de sentir que désormais quelque chose d'irréparable était advenu entre eux, quelque chose qui justement ne pouvait être dissipé par une étreinte et une phrase rassurante et flatteuse. Et comme cela arrive quand l'irréparable se profile à l'horizon, ainsi qu'une infime nuée destinée à envahir rapidement le ciel encore pur, il se demanda d'où tout cela avait surgi. Alors, tout à coup, il lui vint à l'esprit que c'était lui, lui et personne d'autre, qui avait éveillé en Nora ce prétendu intérêt à l'égard de Colli. Oui, c'était lui qui avait insisté pour que Nora, réticente et peu convaincue, acceptât de venir au Gabon, et qui donc l'avait amenée au journal où il savait que se trouverait Colli. Cependant pourquoi l'avait-il fait ? Apparemment parce qu'il désirait sincèrement prendre des vacances en Afrique avec sa femme. Mais qu'est-ce qui se cachait sous cette sincérité ? Quelle autre et plus profonde sincérité ?

Il s'aperçut qu'il le savait parfaitement, qu'il l'avait toujours su même s'il ne se l'était pas avoué et qu'il crût ne le découvrir que maintenant. D'une manière précisément inavouable, il était fier de la beauté de Nora. Mais ce n'était pas, comme il le pensait, la fierté secrète de l'amoureux : plutôt celle de quelqu'un qui possède un objet rare et précieux, et qui voudrait, au fond, que les autres partagent son admiration. Une fierté de propriétaire, se dit-il avec amertume, qui lui avait fait désirer avant tout que Nora participe au voyage au Gabon et puis fasse la connaissance de Colli. Oui, fût-ce inconsciemment, il avait voulu que Nora et Colli se rencontrent pour que ce dernier admire à son tour la beauté de sa femme.

Alors, il ignorait de quel lointain souvenir d'études classiques, revint à sa mémoire quelque chose qui, en son temps, Dieu sait pourquoi, avait dû lui faire une impression particulière : l'histoire du roi Candaule et du courtisan Gygès, chez Hérodote. C'était en effet l'histoire d'une vanité de propriétaire semblable à celle qu'il croyait éprouver pour Nora et l'analogie se serait peut-être prolongée jusqu'au désastre final : de même que Gygès, forcé par le roi à épier la beauté de la reine, avait fini par devenir son amant, de même Colli auquel Nora plaisait et qui plaisait à Nora allait devenir l'amant de sa femme. Il s'agissait bien sûr d'une analogie purement littéraire et, de surcroît, suggérée par un début de jalousie. Mais le fait qu'elle lui fût venue à l'esprit d'une façon aussi inattendue et aussi irrésistible en prouvait, dans une certaine mesure, le bien-fondé.

Il s'exclama soudain :

« Du reste, tout ça, c'est ma faute ! »

Nora resta enlacée, mais leva des yeux interrogateurs vers lui :

« Quelle faute ? Pourquoi ? »

Lorenzo se tut un moment. Devait-il lui raconter l'épisode d'Hérodote ? Il hésita, puis se dit que finalement il y avait dans la vérité une force de conviction qui ne pouvait exister dans la réticence ou, pis, dans le mensonge. Raconter l'épisode d'Hérodote conduisait peut-être à se livrer à Nora. Mais ça signifiait aussi qu'il l'aimait et qu'il avait confiance en elle. Il répondit :

« Tu pourrais le comprendre si je te racontais l'épisode du roi Candaule, chez Hérodote.

— Qui était le roi Candaule ?

— Un homme amoureux de sa femme. Il était fier de sa beauté et voulut qu'un courtisan, qui s'appelait Gygès, la vît nue quand elle se déshabillait avant de se coucher. Gygès tout d'abord a refusé, puis il a accepté. Mais la reine s'est aperçue qu'on l'espionnait et le lendemain a convoqué Gygès, en lui disant : " Ou bien tu assassines le roi et deviens mon mari ou c'est moi qui te fais tuer par le roi. " Gygès, naturellement, tua le roi et devint l'époux de la reine. La deuxième partie de cette histoire ne me concerne pas, mais la première, celle où l'on raconte la vanité de Candaule, est exactement la copie de ce que j'ai fait. Je savais que Colli viendrait en Afrique et j'ai insisté pour que tu viennes toi aussi. Non content de cela, je t'ai amenée avec moi au journal pour que tu voies Colli et qu'il te voie. Et l'irréparable, par ma faute, s'est produit : tu as plu à Colli et Colli te plaît. »

Pendant quelques instants, Nora se tut, comme déconcertée, semblait-il, par la sincérité de Lorenzo. Puis, d'un coup, elle se dégagea de son étreinte et le consola d'un air rieur :

« Quelle bêtise ! Tu n'as rien de ce roi et je n'ai rien de cette reine. Tu sais ce que je ferais si j'apprenais que quelqu'un nous espionne pendant que nous faisons l'amour ?

— Que ferais-tu ? »

Il la vit se lever et se planter au milieu de la pièce :

« Imaginons que ce courtisan soit caché derrière la coiffeuse et nous regarde, voici ce que je ferais : avant tout, j'enlèverais ma chemise » (et, joignant le geste à la parole, elle ôta par le haut sa chemise de nuit courte et ample) « puis, pour te plaire mieux et davantage, je ferais quelques mouvements comme ça » (toute nue, elle esquissa une espèce de grotesque danse du ventre, tendant en avant son pubis, se déhanchant tantôt d'un côté, tantôt de l'autre). « Ensuite, je ferais l'amour avec toi, très bien, de façon qu'il nous voie dans les moindres détails. » (Et, sans cesser de rire, elle piqua une course vers le lit et s'affaissa sur Lorenzo en lui soufflant, haletante, à l'oreille) : « Allez, faisons l'amour pendant qu'il nous regarde. »

Ils firent donc l'amour, lui allongé sur le dos et elle, dans le moment qui précédait l'étreinte, suspendue au-dessus de lui, calant les genoux et les mains sur le lit, de part et d'autre du corps de Lorenzo. Alors, comme il la voyait se pencher lentement, tendue et muette pour le baiser initial, les yeux plongés dans les siens, il fut frappé d'une façon nouvelle par le bleu de ses pupilles, ce bleu resplendissant mais comme privé de regard qui était un des traits les plus originaux de sa beauté. Toutefois, peut-être à cause de la position à quatre pattes, il lui revint soudain à l'esprit qu'il avait toujours comparé ces yeux, si lumineux et si inexpressifs, à ceux d'un chat ou de quelque autre félin qui tout en regardant semble ne pas regarder. Mais n'était-ce pas là le propre des félins, ce caractère imprévisible, inopiné, infidèle ? Que signifiait alors ce baiser, accompagné de la fixité magnétique des pupilles, qu'elle déposait lentement sur ses lèvres, comme entraînée par son propre poids ? Rien, pensa-t-il brusquement, désespéré, vraiment rien.

Plus tard, après l'amour, alors qu'ils étaient encore enlacés, Nora annonça soudain, après un long silence, comme au terme d'une réflexion :

« A propos, n'accorde aucune importance à toutes ces histoires de pressentiments. J'ai décidé de ne pas venir au Gabon. »

D'une manière inattendue et contradictoire, Lorenzo éprouva de la déception.

« Mais ainsi, dit-il, tu donnes raison aux pressentiments. Moi, au contraire, je veux que tu viennes au Gabon.

— Non, je ne viendrai pas. Et maintenant dormons, d'accord ? »

Lorenzo ne savait plus quoi dire. Il improvisa :

« Très bien, dormons. Mais d'abord dis-moi que tu m'aimes.

— Quel rapport avec le Gabon ?

— Il y a un rapport, parce que si tu ne me le dis pas, je n'arriverai pas à trouver le sommeil.

— Pourquoi me parles-tu de cette façon ?

— Parce que j'ai sommeil. »

Lorenzo éteignit la lampe de chevet et, sans rien ajouter, chercha dans le noir le corps de sa femme. Ils dormaient toujours dans la même position : elle recroquevillée sur elle-même, en lui tournant le dos, et lui serré contre ses reins, le bras lui ceignant la taille, la main sur son pubis. Comme toutes les autres nuits, Nora facilita en silence cet enlacement et Lorenzo se sentit en partie consolé par cette répétition de l'intimité conjugale. Oui, pensa-t-il, après tout, mieux valait que Nora ne vienne pas en Afrique. Cette pensée fit naître en lui une certaine culpabilité, mais en même temps il ne pouvait nier qu'il éprouvait un soulagement douteux. Au milieu de tous ces sentiments contradictoires, il s'endormit.

CHAPITRE 2

Deux jours plus tard, en rentrant chez lui, Lorenzo fut surpris d'entendre des voix en provenance de la salle de séjour. Comme c'était dimanche et que la bonne n'était pas là, il était prévu qu'il dînerait seul avec Nora au restaurant, mais ces voix le firent douter de sa propre mémoire. Avait-il oublié qu'il avait invité quelqu'un ce soir-là ? Et qui pouvait-ce bien être ? Il ôta rapidement son manteau et, après avoir jeté un coup d'œil vers son reflet dans le miroir du vestibule, il passa dans la salle de séjour.

Il eut aussitôt une impression inhabituelle, déconcertante, de « déjà vu » ou plutôt de « déjà prévu ». Au milieu de la pièce, debout, grand, dégingandé, en bleu sombre, se tenait Colli. Sur le divan, près de la cheminée, une femme brune était assise, qui devait être la femme de Colli. Sur le canapé d'en face était installée Nora.

Il y eut une scène confuse de retrouvailles et de politesses : plus exactement Lorenzo l'estima confuse parce qu'il ne parvenait pas encore à bien comprendre comment Colli et sa femme se trouvaient chez lui en cet instant. Nora, de sa place, expliqua avec un enthousiasme enfantin et naturel :

« Dis la vérité, tu ne t'y attendais pas ! Colli t'a appelé aujourd'hui, tu n'étais pas là, nous avons bavardé et on a décidé de dîner tous les quatre ensemble. Au fait, j'ai changé d'avis. C'est-à-dire que Colli m'a convaincue de changer d'avis. Je viendrai avec vous au Gabon. Ça te fera plaisir, non ? Tu voulais que je vienne. Mais tu ne connais pas Mme Colli : Ada, je te présente mon mari. On se tutoie, n'est-ce pas ? »

Lorenzo se rapprocha d'Ada et lui serra la main. Sa confusion ne se dissipait pas et se chargeait progressivement de soupçon et de colère, mais cela ne l'empêcha pas d'examiner Ada, et, peut-être à cause de sa colère, de redoubler d'attention dans son observation. Elle avait un beau visage, mais très pâle et comme fripé, où resplendissaient, encadrés de cheveux noirs, des yeux noirs presque gênants par l'intensité de leur regard. Dans la pièce entièrement blanche, avec des sofas blancs et des rideaux blancs, elle se détachait avec un ensemble noir, à la jupe très courte et à la petite veste moulante et cintrée. Lorenzo remarqua également qu'elle avait les jambes croisées et qu'une cuisse d'une blancheur marmoréenne apparaissait nue entre le sommet de ses bas et l'ourlet de sa jupe. Pareillement blanche et marmoréenne, on entrevoyait sa poitrine généreuse qui se gonflait dans le décolleté de sa veste à demi ouverte. Obscurément, Lorenzo sentit soudain que la figure d'Ada était, dans une certaine mesure, liée à sa déception furieuse devant la volte-face de sa femme. Pourquoi cela ? Il n'eut pas le temps de se l'expliquer. Colli s'exclamait, sur un ton jovial :

« Maintenant, portons un toast à notre voyage. »

Et Nora se levait du canapé en disant :

« Oui, buvons, je vais chercher du champagne, nous en avons justement une bouteille au frais. »

Il sentit brusquement qu'il devait à tout prix obtenir une explication de sa femme. Quand ? Tout de suite. Il cria à Nora qui déjà se dirigeait vers la porte :

« Nous n'avons pas de champagne. Tu te trompes.

— C'est toi qui te trompes, je l'ai vu, ce matin. »

Nora le dépassa et sortit de la salle de séjour. Sans se soucier de leurs invités, Lorenzo la suivit en courant et quitta la pièce à son tour.

Il la rattrapa dans le vestibule. Il la saisit par le bras et lui dit d'une voix altérée :

« Mais comment, enfin ? Tu avais décidé de ne pas venir au Gabon et maintenant tu viens ?

— J'ai changé d'avis.

— Et puis Colli, que vient-il faire là-dedans ?

— Je te l'ai déjà dit : il a appelé aujourd'hui, tu n'étais pas là, nous avons bavardé et il m'a convaincue de venir. Puis il nous a invités, toi et moi, à dîner ce soir et j'ai accepté. Est-ce que j'ai eu tort d'accepter ?

— Non, répondit-il nerveusement. Tu as très bien fait. Mais qu'est-ce que ça veut dire qu'il t'a convaincue ? Est-ce que vous avez parlé très longtemps ? »

Il trouva lui-même cette dernière question

absurde à peine l'eut-il formulée, et il la regretta. Mais Nora ne sembla pas s'en apercevoir. Elle répondit, un peu évasive :

« Oui, nous avons parlé assez longtemps.

— Que vous êtes-vous raconté ?

— Plein de choses. Il m'a parlé de l'Afrique, de lui, de sa femme. Il a été très souvent au Gabon, il dit que c'est très beau et qu'il nous guidera. En réalité, il a des affaires au Gabon.

— Alors hier soir tu avais décidé de ne pas venir et aujourd'hui tu as changé d'avis.

— Oui, j'ai changé d'avis. »

Il n'y avait pas le moindre défi dans la voix de Nora, rien qu'une constatation plate et objective.

« Mais maintenant laisse-moi, je vais chercher le champagne. A propos, pourquoi as-tu dit que nous n'en avions pas ? Tu l'avais vu toi-même hier.

— J'ai dit ça parce que je voulais te parler en tête à tête.

— Eh bien, maintenant tu m'as parlé. Allons, ne sois pas comme ça. »

Elle lui donna un rapide baiser, ouvrit une porte, disparut. Lorenzo revint dans la salle de séjour, mais croisa sur le seuil Colli qui en sortait.

« J'ai un coup de fil urgent à donner. Il n'y a pas de téléphone dans la pièce. Où puis-je aller ? »

Lorenzo retourna dans le vestibule, ouvrit la porte par laquelle Nora avait disparu.

« Là-bas, au fond du couloir, à gauche. »

En proie à une fureur enragée, il tourna le dos à Colli qui déjà se hâtait dans la direction que lui avait indiquée Lorenzo. Il rejoignit la salle de séjour.

Il trouva Ada assise sur le divan, comme tout à l'heure. Elle fumait et regardait dans le vide devant elle. Les pensées de Lorenzo étaient violentes et déterminées : « Maintenant, Colli va rencontrer au fond du couloir Nora dans la cuisine et il ne va pas perdre de temps. Il va l'embrasser. Mais je vais en faire autant avec sa femme. Voyons qui de nous deux aura été le plus rapide. » Sans tarder, il s'approcha d'Ada et lui dit :

« Le champagne arrive tout de suite. Je m'étais trompé, on avait bien une bouteille. »

Ada se tourna tout à coup comme si elle s'était attendue exactement à cette phrase, et elle répondit :

« Vous saviez parfaitement qu'il y avait du champagne. Ce n'était qu'un prétexte.

— Un prétexte pour quoi ?

— Pour courir après votre femme, vous isoler avec elle et lui dire certaines choses.

— Quelles choses ?

— Les mêmes que celles que je pourrais dire et que je dirai peut-être à mon mari à la fin de cette belle soirée.

— A savoir ? »

La voix d'Ada, empreinte d'une rage semblable à la sienne et en même temps déjà si intime, d'une intimité complice et solidaire, troublait Lorenzo. Il vit Ada poser sa cigarette sur le cendrier et articuler, avec un calme exaspéré :

« Allons, ne faites pas semblant de ne pas comprendre, vous me comprenez parfaitement.

— Je ne comprends rien.

— Je veux dire que vous avez couru après votre femme, comme je pourrais maintenant courir après mon mari exactement pour la même raison : la jalousie. Mais soyez tranquille, je ne vais pas aller chercher mon mari, bien que je sois sûre qu'il se trouve en cet instant avec votre femme. Changeons de sujet, vous voulez bien ? Parlons du Gabon.

— Non. Parlons de vous.

— Il n'y a rien à dire sur mon compte. Je suis une femme trompée et néanmoins irrémédiablement fidèle, c'est tout. »

D'une façon contradictoire et nouvelle pour lui, Lorenzo était en même temps lucide et troublé. Lucide dans son dessein de se venger de Colli en séduisant sa femme et troublé par l'évidente complicité d'Ada. Il dit, en s'efforçant d'affecter le ton désinvolte d'un dragueur sans scrupule :

« Il y a beaucoup à dire au contraire. Par exemple, que vous n'êtes que contraste de blanc et de noir : noirs sont vos cheveux, noirs vos yeux, noirs vos bas, noires vos chaussures, noir votre ensemble. Blanc votre visage, blancs vos seins, blanches vos jambes. »

Il sentait que ça sonnait faux, mais qu'il y avait en même temps une certaine sincérité ; car c'était bien ce qui l'avait frappé, comme quelque chose de significatif, qui le concernait obscurément. Ada prouva aussitôt qu'elle le comprenait :

« Dites donc vos cuisses, n'ayez pas peur des mots. »

Elle se tut un moment et ajouta avec une impudeur tranquille et provocante :

« Vous avez bien vu. C'est vrai. J'ai un corps trop blanc et le reste trop noir.

— Le reste ?

— Oui, ce peu et ce beaucoup que tu ne peux pas voir, mais que tu es libre d'imaginer. »

Lorenzo pensa avec lucidité et trouble : « C'est gagné ! » et il tendit une main pour caresser le visage d'Ada. Elle la saisit promptement, la porta à ses lèvres et la mordit, fort mais sans lui faire mal. Lorenzo réfléchit : « C'est une morsure qui équivaut à une prise de possession symbolique et complice. Mais quelle complicité ? Nous sommes complices dans la jalousie. Elle me tutoie, me mord la main, m'invite à imaginer la partie noire et cachée de son corps. Je la caresse, je suis troublé, je la désire. Et pourtant tout cela n'est que jalousie en elle comme en moi. »

Au même instant, il y eut le bruit d'une porte poussée et ouverte, non pas avec la main, mais avec le pied, et Colli entra dans la salle de séjour en tenant à deux mains un plateau avec des verres. Nora le suivait, portant le seau à glace où dépassait le col de la bouteille. Elle cria :

« Excusez-moi, j'ai mis un peu de temps, mais Colli m'a aidée. »

Lorenzo pensa : « Aidée à quoi faire ? A prendre la bouteille dans le réfrigérateur et les verres dans le buffet ? Et le coup de téléphone ? » Mais il ne dit rien, il se contenta de regarder Ada dans les yeux et il eut la sensation désagréable et en même temps troublante qu'elle pensait les mêmes choses.

Puis, tout se déroula dans la gaieté conventionnelle que l'on pouvait prévoir. Colli prit la bouteille et avec dextérité libéra le goulot de son papier d'argent, souleva avec le pouce le bouchon jusqu'à ce qu'il jaillisse avec une petite explosion, et Nora joua le rôle infantile de la femme qui se bouche les oreilles. Ensuite, Colli servit tout le monde et ils trinquèrent tous quatre, en croisant et heurtant les verres ; puis ils les levèrent, en se regardant par-dessus le champagne. Il y eut, en outre, un élan affectueux de la part de Nora qui enlaça Lorenzo en s'exclamant :

« Alors, tu n'es pas content que je vienne finalement au Gabon avec vous ? »

Il y eut même un toast énigmatique et passionné de la part d'Ada qui tendit son verre en disant à son mari :

« Flavio, maintenant on va boire tous les deux. Buvons à la santé de ceux que tu sais. »

Colli ne comprit pas ou plus exactement fit mine de ne pas comprendre et répondit dans un éclat de rire jovial :

« Je ne sais rien. Mais buvons quand même. »

Ils trinquèrent, burent, mais restèrent debout. Colli posa son verre vide sur le guéridon et déclara :

« Alors, on y va ? »

Les autres posèrent également leur verre sur la table. Celui d'Ada était encore plein, le rire de son mari l'avait déconcertée et elle s'était éloignée sans trinquer.

Quand ils furent dans la rue, par cette froide et brillante nuit de décembre, devant les voitures

32

étincelantes garées en enfilade dans la venelle des Parioli, Lorenzo demanda à Colli :

« Alors dans quel restaurant allons-nous ? »

Colli, qui portait un blouson court à col de fourrure qui semblait le grandir et le rendre plus dégingandé, répondit avec gaieté :

« Ma foi, dans un restaurant toscan. »

Il nomma un restaurant connu et ajouta, pour expliquer son choix :

« Evidemment, le patron est d'Arezzo comme moi. »

Lorenzo réfléchit rapidement : comment devaient-ils y aller ? Il aurait été logique que chaque couple prenne sa propre voiture, mais il craignait que Colli, agressif et conventionnel, ne propose d'échanger les épouses. Bien entendu, ce qu'il avait prévu se produisit. Colli précisa aussitôt :

« Allons, échangeons nos femmes. Ada ira avec Lorenzo. Et je prendrai Nora. Allez, venez avec moi, Nora. »

Ils se séparèrent donc. Colli saisit Nora par le bras et se dirigea vers son auto, Lorenzo, encore hésitant, se retrouva seul avec Ada qui s'empressa de dire :

« Vous voyez, nous revoilà ensemble.

— Oui.

— Comme eux. »

Lorenzo ne releva pas la remarque, ouvrit la portière et Ada monta. Il contourna la voiture, prit place à son tour, démarra et se mit à conduire en silence.

Puis, tout à coup, presque sans s'en apercevoir,

il parla et révéla exactement ce qui l'angoissait en cet instant précis :

« A propos de jalousie, est-ce que ton mari est jaloux ?

— Commence donc par me dire si ta femme l'est. »

Surpris par l'agressivité provocante d'Ada, il sombra à nouveau dans le silence. Ensuite, il dit :

« Non, elle ne l'est pas. Mais elle n'a aucune raison de l'être.

— Mon mari non plus ne l'est pas et il n'a aucune raison de l'être. Ou plus exactement, il n'en avait pas jusqu'à tout à l'heure.

— Pourquoi jusqu'à tout à l'heure ? Qu'est-il arrivé tout à l'heure ?

— Cela. »

Elle tendit la main, s'empara de celle de Lorenzo sur le volant et répéta le geste complice de le mordre, comme elle l'avait fait peu auparavant dans la salle de séjour.

« Ce n'est pas grand-chose, d'accord, reprit-elle comme pour elle-même. Mais même si c'était davantage, sois tranquille, ni mon mari ni ta femme ne seraient jaloux.

— Pourquoi ?

— Parce que j'aime mon mari et que tu aimes ta femme. Mais ta femme ne t'aime pas et mon mari ne m'aime pas.

— Qui te dit que ma femme ne m'aime pas ?

— C'est sa conduite qui me le dit. Que crois-tu qu'ils fassent en ce moment dans l'auto ? »

Lorenzo fut troublé, il eut l'impression d'être sur le point de défaillir et répondit d'une voix à peine audible :

34

« Que veux-tu qu'ils fassent ? Ils doivent parler. Ou ils se taisent.

— C'est ça, ils doivent parler ! Allons donc ! Je connais mon mari et je sais ce qu'il fait dans certaines circonstances. Si tu veux mon avis, en ce moment, dans la mesure où c'est possible dans une voiture, ils sont en train de faire l'amour. »

Lorenzo, plus que jamais troublé, se tut. Il essayait à présent de se convaincre qu'Ada parlait par jalousie, mais en même temps il s'apercevait que sa jalousie n'était pas moindre que celle d'Ada et que, par conséquent, il ne pouvait s'empêcher de partager ces soupçons. Il finit par déclarer avec colère :

« Mais pourquoi vas-tu imaginer ce genre de choses ? Parce qu'un homme et une femme sont seuls pendant quelques minutes dans une voiture, ils sont forcés d'en profiter pour faire l'amour ?

— Ils le font, il n'y a aucun doute. Je te l'ai déjà dit : je connais mon mari. »

Lorenzo regarda devant lui, à travers la vitre du pare-brise. Au-delà du coffre avant, la rue semblait vide sur une bonne distance. Mais là-bas, on pouvait apercevoir dans la nuit brillante et bien éclairée la voiture de Colli qui précédait la leur. Que se passait-il dans cette auto ? Lorenzo pensa qu'Ada avait forcément raison et aussitôt l'idée de leur trahison fut remplacée par des images : Colli qui conduisait d'une seule main et attirait Nora contre lui. Nora qui embrassait Colli de côté sur la joue, sur la bouche ou se glissait sous le volant contre son ventre. C'étaient des images insupportables et il aurait voulu les oblitérer, les effacer. Mais de quelle façon ? Presque machinalement, en se disant qu'Ada et lui étaient deux miroirs qui reflétaient Colli et Nora ou plutôt deux doubles qui répétaient les gestes des deux autres, il tendit la main et saisit Ada par les cheveux en essayant d'attirer sa tête sur son propre sexe, sous le volant. Ce n'était pas, du reste, un acte de volonté froid et lucide : l'imitation de Colli et de Nora lui inspirait un trouble qui, étrangement, paraissait naître justement de la complicité : il était troublé non pas tant parce qu'il désirait Ada, que parce qu'il était son complice dans son aspiration à effacer les images insupportables du rapport imaginaire de Colli et de Nora grâce à la réalité de l'imitation. Mais cette fois-ci, inopinément, Ada réagit. D'un geste brusque, elle se libéra de son emprise et se redressa :

« Non, ne fais pas ça. Qu'est-ce qui te prend ? »

Lorenzo répliqua rageusement :

« Rien du tout. Je suis simplement un mari qui aime sa femme. »

Ils étaient arrivés. Sur une petite place entourée d'immeubles anciens, l'enseigne discrète et modeste indiquait le nom du restaurant. Il y avait d'autres voitures garées et celle de Colli s'était déjà glissée sur un emplacement libre. Lorenzo ne trouva qu'une place de repli près d'un croisement et il perdit beaucoup de temps à manœuvrer en marche arrière. Quand ils furent descendus, ils rejoignirent Colli et Nora qui les attendaient debout devant la porte du restaurant.

« On est tous là ? demanda paisiblement Colli.

— On croyait vous avoir perdus », ajouta Nora.

Ils entrèrent dans l'établissement. Il y avait deux salles, une grande et une petite. Leur table avait été réservée dans cette dernière. Colli serra la main du patron qui était accouru, obséquieux, échangea quelques paroles avec lui, le pria de lui faire apporter tout de suite du vin et des hors-d'œuvre, puis précéda les autres dans la salle.

La table était déjà mise, dans un coin, sous une grande glace rectangulaire qui, Dieu sait pourquoi, fit naître en Lorenzo un pressentiment qu'il ne put s'expliquer sur le moment. Mais il comprit pourquoi en s'asseyant. Colli et lui avaient pris place du côté de la salle et faisaient face à Ada et Nora, installées côte à côte contre le mur. Or, dans cette position, il pouvait parfaitement, sans le montrer, surveiller Colli dans le miroir. Naturellement, il pouvait également surveiller Nora devant lui. Mais il savait que Nora était, avec ses façons enfantines, impénétrable. S'il était vrai, ainsi qu'il en était persuadé, que durant le bref trajet en voiture quelque chose s'était passé entre sa femme et Colli, certainement ce dernier, extraverti comme il l'était, le lui révélerait par son comportement.

C'est ce qui se produisit en effet. Ils bavardèrent en buvant et en savourant les hors-d'œuvre. Puis, tandis qu'ils attendaient la suite, il y eut une pause. Alors, mine de rien, presque avec le sentiment de faire quelque chose d'inutile parce que, jusque-là, il n'avait rien remarqué d'anormal dans la conduite de Colli, Lorenzo leva les yeux et eut l'impression que son regard avait acquis la rapidité fulgurante et la précision de l'objectif photographique. Colli qui était assis près de lui, juste à cet instant, d'une façon claire et sans équivoque, clignait de l'œil à Nora assise en face de lui, sous le miroir. Combien de temps dura le clin d'œil ? Lorenzo calcula qu'avec différentes phases il se prolongea au moins dix secondes, une durée vraiment exceptionnelle pour une expression d'entente très rapide d'ordinaire. Les phases furent, en fait, au nombre de trois : Colli cligna de l'œil très brièvement, tout d'abord, puis il le rouvrit à moitié comme pour voir l'effet qu'il avait produit, enfin il cligna à nouveau et plus longtemps.

Ce qui frappait Lorenzo, outre la vulgarité de ce manège, était le mépris de Colli à son égard et à l'égard de sa femme. Ada et lui « ne comptaient pas ». Lui parce que, selon la logique de l'adultère, il était une entité inexistante, c'est-à-dire un mari que sa femme n'aime pas. Ada parce que Colli savait qu'elle l'aimait et qu'il ne l'aimait pas en retour. Oui, Ada et lui, « ne comptaient pas ». Colli pouvait se permettre avec eux la plus outrageuse indifférence. A cette pensée, Lorenzo se sentit, un moment, envahi par une impulsion de violence presque incontrôlable. Il envisagea de saisir un verre plein de vin et de le jeter à la figure de Colli. Mais c'était difficile à faire, parce que Colli était assis à côté de lui. Ou alors de se lever de table, de prendre Nora par le bras, ou encore de... Mais alors sa violence fut contrée et déviée par une autre, entièrement semblable à la sienne dans ses causes et encore plus forte dans ses conséquences.

Lorenzo sentit sous la table un pied qui se posait sur le sien et exerçait une pression, il baissa les yeux qu'il tenait fixés sur le miroir et découvrit Ada qui était assise devant lui, le visage bouleversé, précisément par la même violence qui, en cet instant, le bouleversait lui-même. Les yeux d'Ada habituellement d'une intensité extraordinaire exprimaient, à présent, une fureur impérieuse. Ada, face à lui, avait surpris de son côté le même clin d'œil que Lorenzo avait aperçu dans le miroir. Et, avec cette pression du pied et ces regards excédés, elle l'informait de sa découverte et l'incitait à en tirer les conclusions.

Encore une fois, comme par une espèce d'automatisme pervers, dont la logique cependant lui échappait, Lorenzo se sentit troublé par la complicité de sa femme et de Colli. Ada malmenait son pied en soutenant son regard, puis, avec la même hardiesse avec laquelle Colli venait de faire un signe d'entente à Nora, elle lui indiqua du regard la porte, entraînée, eût-on dit, par le même automatisme, comme pour lui faire comprendre qu'une fois sortis du restaurant elle désirait lui parler, rester un moment avec lui. Il la vit s'adresser à son mari et lui chuchoter à voix basse, en se contenant :

« Pourquoi n'irions-nous pas tous à notre hôtel après le dîner ? Tu pourras ainsi mieux expliquer à Nora et Lorenzo comment est le Gabon. »

Colli approuva avec enthousiasme :

« J'allais le proposer, tu m'as coupé l'herbe sous le pied. »

Le trouble du désir, qui lui interdisait la complicité d'Ada, n'empêchait pas Lorenzo de percevoir encore la douleur presque intolérable de la jalousie. En réalité, pensa-t-il, douleur et trouble se confondaient sans s'abolir mutuellement, mais bien plutôt comme en puisant de la force l'un dans l'autre. Il était troublé par Ada parce qu'il était jaloux de Nora. S'il avait su avec certitude qu'entre Colli et Nora rien ne s'était produit, le trouble, comme par enchantement, aurait cessé sans aucun doute. Mais il s'était bien passé quelque chose : le clin d'œil de Colli en était la preuve indubitable. Et le trouble persistait.

Au milieu de ces réflexions ou plutôt de ce tumulte de l'esprit, il lui revenait en tête de temps à autre que la seule échappatoire à cette impasse où il avait l'impression d'être piégé était peut-être de ne pas partir pour l'Afrique.

« Dès demain, je téléphonerai au directeur et je lui dirai que pour raisons de santé je suis contraint de renoncer à mon reportage en Afrique. »

Mais aussitôt après, il se disait que désormais l'irréparable était advenu ; il avait été assez fou pour présenter Colli à Nora et ce qu'il voulait éviter pendant le voyage au Gabon se produirait inéluctablement et avec d'autant plus de facilité à Rome.

Le dîner se termina de façon inattendue plus tôt que prévu car le plat de résistance, un civet de lièvre consistant, rendit superflu le dessert : tout le monde s'en abstint et se contenta de quelques biscuits avec un petit verre de vin cuit. Mais ce manque d'appétit, se dit Lorenzo, traduisait peut-être aussi l'impatience de se retrouver hors du restaurant, dans l'ordre où ils étaient arrivés : Colli avec Nora et lui-même avec Ada. Et ce qui le frappait le plus était qu'il éprouvait cette impatience également. Entre autres raisons parce que, de toute évidence, Colli l'éprouvait. Tout à coup Colli, sans un mot, se leva et alla payer. Nora, comme pour le suivre, déclara qu'elle allait aux toilettes. Dès qu'il fut seul avec Ada, Lorenzo n'eut même pas le temps de parler, car elle lui murmura d'un seul souffle :

« Maintenant tu m'accompagnes en voiture et Nora montera avec mon mari. En chemin, on pourra s'arrêter dans un endroit solitaire, sur le quai du Tibre, par exemple, et on parlera. Plus tard, je dirai que j'avais oublié ma pochette au restaurant et que nous sommes revenus sur nos pas pour la récupérer. »

Autrement dit, malgré sa fureur, ou plutôt grâce à sa fureur, elle avait déjà fomenté tout un plan : le trajet ensemble jusqu'à l'hôtel, l'arrêt sur le quai, la pochette oubliée au restaurant. Lorenzo ne répondit pas : la violence complice d'Ada le troublait et, en même temps, il se demandait avec une perplexité qui n'était pas dépourvue d'espoir ce que ferait Nora une fois dehors : remonterait-elle dans l'auto de Colli ? Ou dans la sienne ? Ada interpréta ce silence comme un assentiment. Elle ajouta :

« Mais tu as vu le clin d'œil qu'il lui a fait ? Tu l'as vu, oui ou non ? »

Lorenzo ne dit rien et se leva. Ada l'imita. Ils rejoignirent Colli et Nora : le premier saluait le patron du restaurant, Nora assistait à ces politesses avec une expression qui frappa Lorenzo comme un pressentiment.

En effet, dès qu'ils furent à l'extérieur, dans la nuit que glaçait la tramontane, à travers le scintillement des voitures garées sur la place, Lorenzo regarda Nora et remarqua qu'elle marchait déjà aux côtés de Colli. Ce dernier s'écria :

« Alors on se retrouve à l'hôtel. Allons-y, Nora. »

Il vit sa femme esquisser un vague geste de salut et suivre, docile, Colli, monter dans sa voiture. Colli, qui avait gardé la portière ouverte pour aider Nora à s'installer, contourna son auto et prit place au volant. Le moteur ne rugit qu'une fois, puis le véhicule de Colli recula en silence, quitta son stationnement, tourna sous leurs yeux et disparut. Ada commenta rudement :

« Alors, qu'est-ce qu'on fabrique ? On y va, non ? »

Lorenzo conduisit tout d'abord sans parler. Le plan d'Ada se déroulait sous ses yeux comme un voile transparent derrière lequel il voyait, bien plus réels, Colli et Nora ensemble, seuls dans la voiture et ensuite dans la chambre d'hôtel. Cette vision lui était à nouveau insupportable comme à l'aller et comme tout à l'heure il essaya de l'effacer en faisant avec Ada ce qu'à présent, il le savait avec certitude, Colli devait faire avec Nora. Tout en conduisant d'une main et en regardant la chaussée, il tendit l'autre vers Ada, chercha sa tête, descendit vers les épaules et la serra soudain à la nuque, en murmurant entre ses dents :

« D'après toi, que vont-ils faire à l'hôtel ?

— Quelle question ! Ils vont faire l'amour. Mais arrête, tu me fais mal ! »

Lorenzo relâcha son emprise et elle ajouta aussitôt, efficace et naturelle :

« Maintenant fais le tour de la piazza Venezia, descends par la via del Mare et rejoins le Tibre. On pourra s'arrêter sur le quai.

— Mais pour quoi faire ?

— Pour parler, non ?

— Mais eux, ils ne parlent pas.

— Et qui te dit qu'on se contentera de parler ? »

Lorenzo ne fit aucun commentaire et accéléra. Voici la via del Mare complètement éclairée, avec le théâtre de Marcellus, le temple de Vesta, l'église avec la Bocca della Verità. A partir de la via del Mare, on pouvait voir, plus loin, le quai pareillement éclairé. Des voitures allaient et venaient en tout sens, roulaient sur la via del Mare, remontaient le quai.

« Ici, constata Lorenzo, il y a de la lumière et des voitures partout. Où vois-tu un endroit solitaire ?

— Continue sur l'Aventin, remonte vers cette jolie petite place dans l'ombre, la piazza dei Cavalieri di Malta. »

Ils étaient arrêtés au feu rouge. Il passa au vert et Lorenzo attaqua à toute vitesse la montée vers l'Aventin. Une première petite place, avec une église, puis un terre-plein carré, ensuite une deuxième petite place avec une autre église. Là, derrière les vieilles murailles de Rome, d'énormes cyprès dépassaient, de grands arbres touffus, il n'y avait que quelques voitures arrêtées, presque personne ne passait et les zones éclairées alternaient avec d'immenses espaces plongés dans une ombre noire. Lorenzo immobilisa sa voiture sur une de ces petites places, dans le coin le plus sombre, où un seul lampadaire répandait une lumière circonscrite et sans dire un mot il se jeta sur Ada.

Il était troublé et, en même temps, parfaitement lucide, il avait une forte érection et il était obsédé par cette idée :

« Je dois avoir fait d'elle ma maîtresse avant d'arriver à l'hôtel. Ce n'est qu'à ce prix que je supporterai la vue de Colli et de Nora seuls de leur côté et déjà amants. »

Mais, à sa grande surprise, étant donné le calme complice avec lequel elle l'avait guidé jusque là-haut, Ada se débattit avec violence :

« Non, ne fais pas ça, donne-moi simplement un baiser et allons-nous-en. »

Elle essayait de se dégager et curieusement, après tant de provocation préméditée, il y avait dans sa façon de se débattre une sincérité innocente et maladroite que Lorenzo trouvait tout aussi provocante. Ils luttèrent dans cette obscurité profonde que le rayon blanc du lampadaire solitaire partageait en deux zones d'ombre, l'une au-dessus des épaules d'Ada et l'autre au-dessous de ses genoux, laissant ainsi en pleine clarté la partie centrale de son corps. L'idée de Lorenzo était d'appuyer sur un bouton sous le dossier, d'abaisser le siège, d'étendre Ada sur le dos. Il finit par y parvenir, elle tomba soudain vers l'arrière, sur le dos, et il se retrouva aussitôt sur elle avec violence et détermination :

« Tu as dit que tu étais trop blanche et trop noire. Voyons si c'est vrai. »

De façon imprévue, elle cessa tout à coup de se débattre et déclara d'un air de vanité ravie :

« D'accord, je te ferai voir ce que tu veux voir, mais promets-moi qu'il n'y aura rien d'autre. Ensuite, on rentrera à l'hôtel.

— Je ne promets rien, répliqua Lorenzo.

— Si, promets-le-moi. Pourquoi ne veux-tu pas le comprendre ? J'aime mon mari et je veux lui rester fidèle. »

Lorenzo riposta avec une amertume soudaine, profonde :

« Moi aussi, j'aime ma femme. C'est bien pour ça que je veux lui être infidèle.

— Alors promets-moi de te contenter de regarder. »

Est-ce que l'exhibition que lui proposait Ada allait suffire à compenser l'outrage de Colli ?

« Que d'histoires ! protesta-t-il avec colère. Si tu ne veux pas, ne le fais pas, point final !

— Allons, ne t'énerve pas. »

Comme si elle avait été convaincue que Lorenzo lui avait fait la promesse qu'elle avait posée comme condition, Ada procéda sans se presser, tout en restant allongée, se déshabillant juste assez pour satisfaire la curiosité de Lorenzo et sa vanité à elle. Elle porta ses deux mains à sa taille, elle dégrafa la boucle de sa ceinture, elle fit glisser sur la hanche sa fermeture Eclair, elle baissa sa robe courte. Puis, elle repoussa vers le bas son slip et enfin demeura immobile, sans quitter sa position étendue, les jambes légèrement écartées.

Dans le rayon violent du lampadaire, son corps apparaissait d'une blancheur compacte et brillante, sauf son sexe où la noirceur du pubis remontait jusqu'au nombril et descendait entre les cuisses. Ada finit par dire, en relevant à peine la tête, d'une voix calme et apaisée :

« Est-ce que je ne t'avais pas dit que j'étais trop blanche sur tout le corps, sauf là où je suis trop noire ? Tu es content maintenant ?

— Content de quoi ? »

Lorenzo pensa que ça suffisait comme ça, en réalité : pour Colli le vison doré de Nora et pour lui, Lorenzo, la fourrure noire d'Ada. Il ajouta :

« Excuse-moi, maintenant allons-y. »

Et il appuya sur le bouton du siège. Le dossier se redressa, Ada se releva et, nullement confuse, se rhabilla en un instant. La voiture recula, puis fit le tour de la place et s'engagea à toute vitesse dans la rue encastrée entre les murs, par laquelle ils étaient venus.

Pendant un moment, ils ne parlèrent pas. Puis Ada demanda :

« Pourquoi m'as-tu dit : excuse-moi ?

— Parce que j'ai eu tort.

— C'est à moi de m'excuser. Ecoute, je te promets qu'on fera l'amour dès qu'on sera en Afrique.

— En Afrique, répliqua Lorenzo avec amertume, on ne fera pas l'amour. C'est eux qui le feront, nous on se contentera de les regarder.

— Mais qu'est-ce que tu racontes ? On le fera

46

tant et si bien qu'on les rendra jaloux. A propos, rappelle-toi que j'avais oublié ma pochette au restaurant et qu'on est retourné la prendre. »

Au fond, pensa Lorenzo, bien que rien ne se soit passé entre eux, sinon une exhibition artificielle et, tout compte fait, innocente d'Ada, elle parlait comme une maîtresse sûre d'elle-même et de son amant, après une rencontre totale et définitive. Ada parlait de cette façon, réfléchit-il encore, non pas tant parce qu'elle l'aimait, que parce qu'elle était jalouse de son mari.

Après ces quelques paroles de complicité forcée, Lorenzo ne parla plus. La voiture tourna sur la piazza Venezia, remonta vers le Quirinal et s'arrêta dans la via Bissolati, non loin de la piazza San Bernardo. Lorenzo se gara soigneusement et aida Ada à descendre.

« A quoi penses-tu ? lui demanda-t-elle soudain.

— Pourquoi justifier notre retard par cette histoire de pochette oubliée ? fit-il avec agressivité. De toute façon, ce retard les a arrangés et ils se fichent bien de ton alibi.

— Pas moi. »

Ils marchèrent en silence jusqu'à l'hôtel. Le réceptionniste informa Lorenzo que M. Colli les attendait dans sa suite et ils se dirigèrent donc vers l'ascenseur. Ils s'y engouffrèrent en attendant, muets, l'un en face de l'autre, d'être parvenus au troisième. Dès l'ouverture automatique, Ada sortit la première et s'avança directement dans le long couloir désert entre deux rangées de portes closes.

Leurs pas étaient étouffés par le tapis feutré.

« C'est ici », annonça Ada en s'immobilisant.
Lorenzo allait frapper, mais Ada le retint :

« Attends, embrasse-moi d'abord.

— Mais pourquoi ?

— Que crois-tu qu'ils fassent en cet instant même, derrière cette porte ?

— Je n'en sais rien, je ne veux pas le savoir.

— Ils sont en train de faire ce que tu ne veux pas faire avec moi. Et même davantage. »

Tandis qu'ils chuchotaient, une dame âgée déboucha d'un angle du couloir, les dépassa et ils se turent jusqu'à sa disparition. Après quoi, toujours à voix basse, Ada lui reprocha :

« Tu as voulu voir comment j'étais faite et je t'ai satisfait. Et maintenant, tu refuses de m'embrasser. »

Lorenzo se pencha, lui donna un baiser qu'il aurait voulu hâtif et fuyant, mais elle se jeta à son cou et leur baiser passionné et décidé se prolongea, s'approfondit. Ils se séparèrent.

« Tu imagines, dit-elle, si jamais Nora nous avait vus !

— Ne parle pas de ma femme ! »

Avec une violence rageuse, Lorenzo frappa à la porte. Quelques secondes s'écoulèrent sans que personne ne vienne ouvrir.

« Ils remettent de l'ordre dans leurs vêtements ! » murmura Ada.

Lorenzo s'avoua qu'il avait formulé la même réflexion : leur complicité continuait donc à se teindre tantôt de désir, tantôt de soupçon. La porte s'ouvrit brusquement et Nora apparut sur le seuil :

« Qu'est-ce que vous fabriquiez ?

— J'avais oublié ma pochette au restaurant, répondit Ada en s'avançant. On est revenu sur nos pas pour la récupérer. »

Ils entrèrent dans un genre de salon qui paraissait toutefois vide. Plus loin, un rideau à demi ouvert séparait cette pièce de la chambre proprement dite. Là-bas, au fond, Lorenzo aperçut Colli qui, debout près du lit, tenait le combiné du téléphone et parlait bas. Il ne put s'empêcher de penser que chaque fois qu'il se trouvait avec Nora, Colli avait recours à l'alibi du téléphone : il avait agi ainsi chez eux, et c'est ce qu'il faisait à présent. Ce soupçon fut confirmé par une découverte déconcertante : il y avait un autre appareil dans le salon, sur un guéridon. Autrement dit, aucun doute ne pouvait subsister : Colli et Nora, quand il avait frappé, étaient allongés sur le lit, Colli n'avait pas eu le temps de rejoindre la porte, peut-être s'était-il attardé à refaire le lit et, par conséquent, pour inventer son alibi habituel, il s'était servi du téléphone de la table de nuit.

Colli prononça encore quelques monosyllabes et raccrocha avec trop de brutalité pour une conversation ordinaire. Lorenzo en conclut que c'était un faux appel, imaginé par Colli sans aucun interlocuteur à l'autre bout du fil. Colli l'interrompit dans ses réflexions en venant vers lui et en s'exclamant :

« Le champagne arrive tout de suite.
— Mais pourquoi du champagne ?
— Pour fêter notre voyage au Gabon.
— Nous l'avons déjà fait chez nous.

— On trinque une deuxième fois, quel mal à ça ? »

Comme poussée par une curiosité irrépressible, Ada demanda sur un ton qu'elle aurait voulu léger et naturel :

« Qu'avez-vous fait de votre côté pendant qu'on récupérait ma pochette ? »

Colli éclata de rire.

« Que veux-tu que nous ayons fait ? Nous avons parlé du Gabon.

— Vous avez parlé du Gabon ?

— Oui, confirma Nora. Pendant tout ce temps. Ton mari y a été si souvent, il m'a raconté un tas de choses intéressantes. »

Ada resta un moment silencieuse, puis sur un ton allusif et insistant, comme pour leur faire comprendre que c'était une métaphore, elle déclara :

« Nous aussi, nous avons parlé du Gabon. Nous n'avons rien fait d'autre. Absolument rien d'autre. »

Elle avait les yeux qui brillaient, la voix qui tremblait.

« Je ne savais rien du Gabon. Ton mari sait tout, il nous servira de guide. »

Soudain, avec l'à-propos d'une comédie un peu mécanique, on frappa à la porte. Nora alla ouvrir, un garçon entra en portant sur un plateau le seau à champagne et les coupes. Il se dirigea droit vers une petite table dans le salon, y déposa le plateau, s'inclina discrètement et se retira.

Mais Ada n'avait pas fini de dissiper la tension de la soirée. Elle s'écria tout à coup, très fort, dès que le garçon eut disparu :

« Eh bien, buvons ! Mais pas à notre voyage au Gabon, on l'a déjà fait, on a assez parlé de nous, buvons plutôt à la santé de quelqu'un que mon mari rencontrera certainement au cours du voyage. Buvons à la santé du président de la République du Gabon ! »

La proposition d'une incongruité presque surréaliste fut suivie d'un profond silence. Ada en profita pour s'expliquer :

« Mon mari y va pour affaires. Son entreprise a des chantiers en cours au Gabon. Beaucoup de choses dépendent du président du Gabon. Qu'y a-t-il d'étrange à boire à la santé du Président ? »

Colli finit par briser le silence gêné, en s'avançant et en l'interpellant calmement :

« Ada ?

— Que veux-tu ? fit-elle.

— Viens un moment par ici.

— Non, je suis très bien où je suis. Je veux boire à la santé du président du Gabon.

— Allons, rien qu'un instant. »

Colli s'approcha d'elle, il la prit simplement par la main et dit tranquillement, affectueusement :

« Viens, il faut que je te dise quelque chose qui va te faire plaisir.

— Qui va me faire plaisir ?

— Oui. Ensuite on reviendra boire, si tu y tiens tant que ça, à la santé du président du Gabon. »

Lorenzo fut frappé par la douceur de Colli. Il vit Ada, hésitante, le regarder, puis se tourner vers son mari comme si elle avait à choisir entre eux deux.

« Je voudrais vraiment savoir ce qui peut me

faire plaisir, dit-elle enfin. Tu ne peux pas en parler devant eux ?

— Non, c'est quelque chose qui nous concerne seuls, toi et moi. Vous nous excusez, n'est-ce pas ? »

Ada suivit finalement Colli. Il tira le rideau pour cacher la chambre. Lorenzo regarda Nora. Elle se trouvait près de la porte et murmura :

« Peut-être vaut-il mieux partir ? »

Lorenzo secoua la tête, mais ne dit rien. Quelques instants s'écoulèrent, puis le rideau se rouvrit et Colli réapparut, tout seul, et referma la tenture, mais pas assez vite pour empêcher Lorenzo d'apercevoir Ada allongée sur le lit, le bras sur les yeux. Colli déclara avec sérénité :

« Asseyez-vous, vous n'allez quand même pas vous enfuir si tôt ! Ada nous rejoint tout de suite. »

Lorenzo et Nora s'assirent ensemble sur le divan. Colli sortit le champagne du seau et commença à libérer le bouchon du papier d'argent. Et la soirée se poursuivit.

CHAPITRE 3

L'hôtel se dressait sur une plage étroite, à deux pas de la mer. C'était un établissement moderne, de type balnéaire, comme on peut en voir sur la Côte d'Azur, en France. Même les palmiers élancés et très hauts, qui balançaient leurs cimes déplumées à la hauteur du dernier étage, auraient pu être au bord de la Méditerranée. Mais on devinait l'Afrique à un détail insolite : la plage exiguë était toute jonchée d'énormes troncs d'arbres, enfoncés çà et là dans le sable. C'étaient des troncs d'arbres gigantesques tels qu'il n'en existe pas en Europe, tous sciés avec précision, et sur tous était clouée une plaque avec des chiffres et des lettres. Assombris par l'eau, couverts de lichens, dans un passé peut-être déjà lointain ils s'étaient élevés, chargés de feuillage, au cœur de la forêt équatoriale. Puis, ils avaient été abattus, émondés, réduits à de lisses cylindres, attachés ensemble de façon à former des trains de bois et enfin confiés au courant d'un fleuve qui devait les transporter jusqu'à l'embouchure où on les embarquerait vers les marchés d'Europe. Mais de temps à autre il se produisait que le train de bois, une fois parvenu à l'océan, se défasse et que les troncs poussés par les courants, après avoir longtemps erré sur les flots, finissent par échouer sur quelque plage.

La mer aussi ne pouvait être qu'africaine. Ce n'était pas la mer libre, mais une grande baie emprisonnée entre deux promontoires, aux flots toujours agités, d'une couleur trouble, à demi verte, à demi blême, sous un ciel chargé d'énormes nuages sombres tantôt en mouvement et comme fuyants, tantôt en suspens, bas et immobiles. Là-bas, au loin, sur la rive d'en face, on voyait des rangées indistinctes de palmiers et de vagues formes de cabanes au toit conique. Cette rive d'en face, vue de l'hôtel, paraissait distante et inaccessible, enveloppée dans une nuée mystérieuse, et elle persuadait les pensionnaires européens que la véritable Afrique commençait là-bas, au-delà des flots orageux, avec cette grève éloignée, à peine visible.

Entre l'hôtel et la plage, se trouvaient une piscine aux faïences bleues et un restaurant en plein air ombragé par une tonnelle en paille. Les clients plongeaient et nageaient dans la piscine ou s'asseyaient aux tables du restaurant, ils se risquaient rarement sur la plage trop encombrée de troncs naufragés. La clientèle était presque exclusivement française, comme l'expliqua Colli qui leur servait de guide : pour la plupart, des fonctionnaires avec leur femme et leurs enfants ou des hommes d'affaires qui avaient des liens avec le gouvernement du pays. Le Gabon était un état riche en ressources naturelles, avec des mines et des forêts qui restaient encore entièrement à exploiter et la France, même après la décolonisation, y avait conservé une position prédominante.

Les premiers jours, ils menèrent une vie de vacances d'été, en faisant la grasse matinée, en traînant jusqu'à l'heure du déjeuner à nager, prendre le soleil au bord de la piscine, en mangeant au restaurant et ensuite en s'accordant une longue sieste. L'après-midi, Colli allait en ville pour ses affaires. Le soir, ils dînaient parfois à Libreville, la capitale, qui était à une demi-heure de voiture de l'hôtel. L'obscurité venue, ils avaient vraiment l'impression d'être en Europe, grâce aussi à la légère brise qui se levait et adoucissait la touffeur du jour. Mais l'illusion européenne et estivale était démentie par l'arbre de Noël anachronique, dressé au milieu du hall, tout paré de lampions multicolores qui s'allumaient et s'éteignaient tour à tour : cet arbre rappelait l'Afrique précisément parce qu'il voulait la faire oublier.

Derrière l'hôtel passait la route côtière avec ses hauts lampadaires qui alternaient avec de gigantesques palmiers, constamment parcourue par des automobiles rapides et silencieuses. Au-delà de la route, au bout de chemins de traverse qui n'étaient pas encore goudronnés, mais sablonneux, on pouvait apercevoir la masse ténébreuse de la forêt équatoriale, avec ses troncs énormes et son sous-bois touffu et impénétrable. Il n'y aurait pas eu de quoi s'étonner, disait Colli, facétieux, si un matin un gorille sortait de la forêt, pourquoi pas, ses reins noirs et poilus ceints d'un slip rose, et s'il venait faire un petit plongeon dans la piscine parmi les autres baigneurs.

Malgré cette ambiance balnéaire, Lorenzo ne pouvait se dissimuler que lentement, inéluctablement, il serait contraint de s'expliquer avec sa femme, même si ce devait être désagréable. Curieusement, le caractère inévitable de cette explication n'était nullement dû au fait suivant : si, durant la demi-heure où il était resté seul avec Ada, il avait trompé Nora, il était, du moins à sa connaissance, plutôt douteux que, dans la chambre d'hôtel, elle l'ait trompé avec Colli. Mais il se donnait raison, car il se disait qu'il y avait une différence entre les deux tromperies : Nora l'avait trompé, si c'était le cas, par amour ou, à la rigueur, pour un soudain engouement, alors qu'il l'avait trompée par réflexe, pour contrebalancer son infidélité, c'est-à-dire par jalousie. Cette analyse avait été confirmée par Ada, elle aussi infidèle par jalousie. Il lui avait demandé, au cours du voyage, ce qui s'était passé derrière le rideau de la chambre d'hôtel et ce qui l'avait fait changer d'avis après la jalousie hystérique du début :

« Que t'a dit ton mari, comment as-tu pu changer d'humeur ? Est-ce qu'il t'a menacée d'une séparation ?

— Au contraire : il m'a dit qu'il m'aimait et qu'il n'aimait que moi.

— Et tu l'as cru ?

— Oui, je le crois toujours. »

Mais l'assiduité de Colli, ouvertement secondée par l'attitude de Nora, ne pouvait être ignorée et lui faisait imaginer que, durant cette demi-heure à Rome, il s'était produit, entre eux deux, quelque chose de peut-être rapide et fortuit, mais de décisif : Colli avait conquis Nora et Nora reconnaissait, acceptait d'être conquise par lui. Oui, Lorenzo avait l'impression de deviner, avec un sentiment de douleur toujours aiguë et toujours présente, que le cœur de Nora, si énigmatiquement félin, battait maintenant pour Colli.

En quoi consistait l'assiduité de Colli, de quelle façon Nora l'appuyait-elle ? Simplement, se dit Lorenzo, après les premiers jours passés au Gabon, Colli s'occupait seulement de Nora et Nora seulement de Colli ; Ada et lui-même étaient, pour ainsi dire, exclus. Et cette exclusion continuait également quand Colli se trouvait seul avec Ada, et qu'il se trouvait seul avec Nora. Dans la chambre, pendant la sieste, la nuit avant de dormir, Nora, désormais, avait presque cessé de lui adresser la parole ou, si elle le faisait, elle se contentait du strict nécessaire, sans aucune chaleur affectueuse ni amoureuse. Ada, de son côté, lui disait qu'il en était de même entre Colli et elle. Il est vrai que Nora avait fait l'amour une fois avec Lorenzo. Mais il n'avait pas échappé à Lorenzo qu'en réalité elle lui avait provoqué l'orgasme avec son habituel jeu érotique de l'amour à quatre pattes, sans avoir joui elle-même. Etait-ce un hasard ou une intention préméditée ? Bref, n'était-ce pas comme si elle s'était prêtée à lui accorder du plaisir pour qu'il ne soupçonnât pas que son plaisir, elle le prenait avec Colli ? Lorenzo y avait fait allusion juste après l'orgasme :

« Tu m'as fait jouir, mais tu n'as pas joui. »

A cela, elle avait répondu laconiquement :

« Je n'en avais pas envie. »

Cette perte d'affection indéchiffrable et peut-être inconsciente lui donnait le sentiment que, irrépressiblement, tout l'édifice de sa vie s'écroulait. Cet effondrement, il avait la sensation de le vivre, minute par minute, avec la sensation d'impuissance terrassée de quelqu'un dont les pieds s'enlisent dans des sables mouvants et qui n'ose plus faire un geste, parce qu'il sait que le moindre mouvement ne fera que l'enfoncer davantage.

De temps à autre, il se concédait l'illusion que les apartés constants de Nora et de Colli étaient fortuits et que leur amour n'existait pas, que ce n'était qu'une invention de sa jalousie. Mais s'il songeait à la froideur et à l'inachèvement de leur unique rapport sexuel en Afrique, il ne pouvait s'empêcher de déceler un lien avec ces apartés : oui, c'était incontestable, Nora et Colli avaient fait l'amour pendant la demi-heure où ils s'étaient retrouvés seuls dans la chambre d'hôtel ; et leur relation à présent n'en était plus aux débuts encore verts du flirt, mais à la phase déjà mûre de l'amour réciproque.

Il devait donc parvenir à tout prix à une explication. Mais il avait imaginé lui parler avec le calme et le détachement qui sont le propre d'une conversation délibérée. En fait l'occasion fut fournie par le hasard et seulement liée à leur rapport physique. Ils étaient en Afrique depuis une semaine quand, un après-midi, voyant Nora ébaucher son habituel jeu de l'amour à quatre pattes, il la repoussa, presque sans y penser, instinctivement, avec douceur :

« Non, pas aujourd'hui. »

Il la vit le regarder avec surprise.

« Tu ne veux pas ?

— Non, je ne préfère pas, si ce doit être comme la dernière fois.

— Comment était-ce la dernière fois ?

— C'est que l'amour se fait à deux, autrement ce n'est pas de l'amour.

— Et nous ne l'avons pas fait à deux ?

— Non, il n'y a que moi qui l'ai fait. Ou plutôt tu me l'as fait faire. Mais toi, tu ne l'as pas fait.

— Qui te le dit ?

— Un orgasme, ça se voit. Tu as vu le mien. Il est vrai que les putes font semblant : ça fait partie de leurs prestations. Mais tu n'es pas une pute et en effet je n'ai rien vu. »

Il la vit froncer les sourcils, déconcertée :

« Je n'avais pas envie, je te l'ai même dit. Mais maintenant, c'est autre chose. »

Ils se regardèrent. Lorenzo déclara soudain :

« On ne dirait pas. Tu as l'air pragmatique de quelqu'un qui veut liquider au plus vite une affaire ennuyeuse.

— Mais quelle affaire ?

— L'amour, précisément. Si tu avais vraiment envie de le faire, tu ne serais pas comme ça. »

Rapidement, il lui passa une main entre les jambes, en la frottant légèrement contre son sexe.

« Mais que veux-tu dire ?

— Sèche comme une feuille et fermée comme une huître. »

Il la vit fixer sur lui ses yeux si lumineux et si inexpressifs. Puis elle dit :

« Laisse-toi faire. Tu t'exciteras, et moi, en te voyant excité, je m'exciterai aussi. »

Lorenzo éprouva un élan d'affection pour elle, si spontanée et si pleine de bonne volonté. Il lui caressa le visage :

« Non, aujourd'hui on bavarde. L'amour, à la rigueur, on le fera plus tard. Mais d'abord j'ai plusieurs choses à te dire.

— Eh bien, parle.

— Ça m'est difficile, avoua-t-il sincèrement. Tu vas le prendre pour une scène de jalousie. Mais ce n'est pas ça. Je ne suis pas jaloux.

— Alors qu'est-ce que tu es ? »

Sa voix était légèrement tendue et impatiente. En effet, qu'était-il sinon jaloux ?

« J'ai besoin de clarté, fit-il sans conviction.

— Mais tout est clair entre nous, non ?

— Pour toi peut-être, mais pas pour moi.

— Que veux-tu savoir ? »

Lorenzo réfléchit, avant de répliquer :

« S'il y a un lien entre la façon dont tu fais ou plutôt ne fais pas l'amour avec moi et ta relation avec Colli.

— Qu'est-ce que Colli vient faire dans ma façon de faire l'amour avec toi ?

— Il intervient comme cause et comme effet. Ce que tu lui donnes, tu ne peux pas me le donner également à moi. »

Il s'attendait à une protestation de sa part. Mais elle rétorqua scrupuleusement :

« A lui je donne une chose et à toi une autre.

— Tu lui donnes donc quelque chose.

— Evidemment que je lui donne quelque

60

chose. Pourquoi ne devrais-je pas lui donner quelque chose ? »

Lorenzo perdit son calme :

« Mais enfin qu'est-ce que tu lui donnes ? Tu lui donnes l'amour ou quoi ? »

Elle ne répondit pas et Lorenzo, qui savait par expérience que le silence chez elle signifiait la reconnaissance plate et indifférente de n'importe quelle vérité qu'on pût admettre, éprouva une vive douleur. Il l'accusait, au fond, de le tromper sans en être vraiment convaincu. Maintenant avec son silence elle semblait confirmer ses soupçons. Mais le silence dura peu. Elle dit :

« Ce que je lui donne ne te regarde pas.

— Ah bon ? Ça ne me regarde pas ?

— Non. En tout cas, je ne lui donne absolument pas ce que je te donne.

— A moi, du moins la dernière fois où nous avons fait l'amour, tu n'as rien donné.

— Ce jour ne compte pas. Je n'en avais pas envie, voilà tout.

— Mais enfin que lui donnes-tu ?

— Je ne vois pas pourquoi je devrais te le dire. Avec toi, ce n'est pas vrai que j'aie changé. Je suis toujours la même. Ça devrait te suffire, non ?

— Eh bien, admettons que tu fasses l'amour avec moi et en même temps avec lui, de la même façon et avec la même intensité, je n'aurais rien à redire, n'est-ce pas ça ?

— Oui, c'est bien ça.

— Mais alors vous faites l'amour, non ?

— Non. Et puis je te l'ai déjà dit : qu'on le fasse ou non, ça ne te regarde pas. »

Elle avait un ton d'obstination enfantine qui

autorisait n'importe quelle supposition. Peut-être, pensa Lorenzo, il n'y avait vraiment rien entre Colli et elle, rien sinon un engouement ou une amitié un peu exclusive.

« Mais alors, si vous ne faites pas l'amour, pourquoi vos apartés constants ?

— Je n'ai pas dit que nous ne faisions pas l'amour. J'ai dit que ça ne te regardait pas.

— Ça ne me regarde pas parce que vous le faites ou ça ne me regarde pas parce que vous ne le faites pas ? »

Il la vit hausser les épaules avec dédain :

« Ecoute, je ne te réponds plus.

— Mais enfin, c'est un fait que vous êtes toujours ensemble, que vous vous isolez et que, quand je m'approche, vous cessez de parler et vous me regardez avec gêne, en attendant que je m'en aille. Peut-on au moins savoir de quoi vous parlez ?

— Je n'en sais rien. De tout et de rien.

— Hier, par exemple vous vous êtes promenés au bord de la mer. Vous êtes restés dehors une heure et demie. De quoi avez-vous parlé ?

— Je ne m'en souviens pas. Ah oui, du Brésil où il a été l'hiver dernier. C'était très intéressant.

— Intéressant ? s'écria soudain Lorenzo, exaspéré. Qu'est-ce que ça veut dire, intéressant ?

— Intéressant, ça veut dire que ça m'a intéressée. »

Nora se tut, puis ajouta brusquement sur un ton confidentiel déconcertant :

« C'est un homme qui, lorsqu'on le connaît, se révèle différent et meilleur qu'il ne semble. Il paraît très sûr de lui. Ce n'est pourtant pas le cas. Il a tellement de problèmes.

— Mais quels problèmes ?

— Des problèmes personnels.

— Merci. Tu ne peux pas me donner un exemple ?

— Non, c'est quelque chose qui ne te concerne pas.

— Et qui te concerne, hein ?

— Evidemment, puisqu'il m'en parle. »

Lorenzo sentit qu'une fois encore elle lui échappait avec la simplicité des enfants qui ne savent pas s'exprimer et des animaux qui ne parlent pas. Il décida tout à coup de mettre Nora face à un fait précis, circonscrit, incontestable.

« Mais alors tu ne vas pas me dire qu'au restaurant Colli ne t'a pas fait un clin d'œil d'une manière effrontée et vulgaire ? »

Elle haussa de nouveau les épaules.

« C'est quelque chose qui le regarde. Il se peut qu'il l'ait fait, mais qu'ai-je à voir avec ça, moi ?

— Personne ne pourra m'ôter de l'idée, cria Lorenzo, que pendant cette demi-heure qui s'est écoulée entre le départ du restaurant et le moment où nous sommes arrivés à l'hôtel, Ada et moi, tu as fait l'amour avec Colli. »

Il eut un coup au cœur en l'entendant répondre sur un ton plat et flegmatique :

« Pourquoi te tourmentes-tu autant ? Est-ce que je t'ai demandé ce que tu avais fait avec Ada durant cette même demi-heure ?

— Nous sommes allés récupérer la pochette d'Ada au restaurant.

— Elle avait sa pochette dans la main quand

nous sommes sortis, je l'ai vue. Pourquoi ne dis-tu pas la vérité : qu'Ada te plaît et que tu t'es attardé avec elle ? »

Nora, avec une naïveté cynique, paraissait donc presque lui suggérer une espèce d'accord : je ne te demande pas ce que tu fais avec Ada, et toi, ne me demande pas ce que je fais avec Colli. Mais maintenant Lorenzo ne pouvait s'empêcher de considérer comme négligeable ce qui s'était passé entre Ada et lui : cela s'était produit uniquement par jalousie, autant dire que rien n'était advenu. Mais l'idée que Nora, fût-ce avec une innocence animale, veuille l'encourager à former un banal quatuor de type bourgeois le mit soudain hors de lui. Avec le désir confus de la gifler, il se jeta brusquement sur elle. Or, au moment même où il levait la main sur elle, Nora eut une expression de peur enfantine qui le fit changer d'avis : il ne la giflerait pas, mais il l'embrasserait passionnément, quitte à l'étouffer pratiquement tout en l'immobilisant et en dissipant ses craintes, puis il lui expliquerait, avec calme et rationalité, sans cesser de l'étreindre, qu'il n'était pas jaloux, qu'il souhaitait seulement que sa femme se comporte en épouse et non en étrangère. Cependant, Nora ne comprit pas son intention et réagit aussitôt avec violence entre ses bras, comme un animal sauvage pris au piège. Elle se débattait contre lui avec ses bras, avec ses jambes, avec tout son corps, exactement comme font les animaux pour lesquels toute lutte est extrême et tout coup décisif. Elle montrait les dents, écarquillait les yeux, son visage d'ordinaire lisse comme celui d'un éphèbe semblait s'être affreusement enflé, comme la tête d'un cobra en colère, pensa Lorenzo. Il tentait de réduire dans l'étau de ses bras les soubresauts du corps de Nora, mais sans y parvenir. Puis il reçut un coup de genou dans l'estomac et alors relâcha son emprise. Il la vit rouge, échevelée, sauter à bas du lit et se précipiter vers la porte de la salle de bains. Mais, sur le seuil, elle s'arrêta et cria :

« Je veux voir Flavio, parler avec lui et même faire l'amour avec lui aussi souvent que ça me chante, tu as compris ? »

Lorenzo haletant réussit à dire avec une rationalité comique :

« En d'autres termes, ça signifie que tu ne veux plus être ma femme, mais une totale étrangère.

— Je veux seulement qu'on me laisse tranquille. »

La porte se referma avec fracas et Lorenzo, resté seul, encore tout bouleversé, pensa avec douleur que c'était la première fois que Nora appelait Colli par son prénom : Flavio. Dans ce prénom, réfléchit-il, prononcé avec la sincérité qui est propre à la colère, outre le désir de l'offenser, il y avait toute l'intimité du rapport physique. Il lui sembla qu'après cette constatation il n'y avait plus rien à ajouter : dorénavant il devrait vivre avec la certitude que Nora le trompait. Il crut alors étouffer. La porte de la salle de bains était éclairée, on voyait l'ombre de Nora bouger sous la douche. Puis la douche s'arrêta et l'ombre sembla faire les gestes de se sécher et de se rhabiller. Enfin, Nora sortit de la salle de bains et traversa la pièce en se dirigeant vers la porte. Elle dit :

« Je vais faire un tour avec Colli. »

Et elle disparut.

Lorenzo resta longtemps allongé sur le lit, sans penser à rien, comme fasciné par le vide que Nora avait laissé en s'en allant. Il se leva finalement, gagna la porte-fenêtre, l'ouvrit et sortit sur le balcon.

Les palmiers dont les cimes arrivaient jusqu'à l'étage étaient secoués par un vent rigoureux et impétueux qui tournait toutes les feuilles dans la même direction ; mais étrangement, dans la baie, les vagues blêmes semblaient se poursuivre dans le sens contraire. Une voix le fit tressaillir tandis qu'il s'appuyait à la balustrade :

« Tu crois qu'il va pleuvoir ? »

C'était Ada : son mari et elle avaient la chambre voisine. Lorenzo la regarda un moment avant de répondre. Elle portait un kimono noir avec un dragon rouge et vert dans un coin qui la rapetissait et la moulait. Leurs yeux se rencontrèrent et il se rendit compte qu'elle avait un regard intense et brûlant comme le soir du restaurant, à Rome, pour la première fois depuis leur arrivée en Afrique, et sans aucun doute pour la même raison. Elle dit, en effet :

« Flavio est allé se promener au bord de la mer avec Nora.

— Je sais », fit simplement Lorenzo.

Au bout d'un moment, il ajouta, en baissant brusquement la voix :

« Viens par ici.

— Pourquoi ?

— Je te dis de venir. »

Il la vit s'avancer, s'approcher de la balustrade qui séparait les deux balcons.

« Que veux-tu ? » s'enquit-elle.

Il ne répondit pas. Il se demandait ce que Nora et Colli étaient en train de faire au même moment et il conclut, pour lui-même, qu'ils marchaient peut-être en bavardant le long de la grève où les vagues se brisaient. Mais peut-être étaient-ils allongés ensemble parmi les troncs échoués et faisaient-ils l'amour. Il se dit que c'était là que résidait la véritable jalousie, dans cette façon d'envisager différentes hypothèses toutes également douloureuses. Il éprouva un sentiment de rébellion contre le trouble que lui inspiraient les regards intensément provocants et complices d'Ada. Il lança finalement au prix d'un effort, à voix basse :

« Rien. »

CHAPITRE 4

Ils n'étaient pas venus au Gabon pour prendre des bains de mer, comme en Italie au Forte dei Marmi ou sur le Lido de Venise, déclara un beau matin Colli, mais pour voir l'Afrique. Il avait contacté tous les hommes politiques auxquels il avait affaire pour la construction d'une route qui irait de Libreville à une mine d'uranium, à l'intérieur : l'entreprise pouvait se poursuivre seule, grâce à la direction d'excellents ingénieurs ; c'est à présent que commençait la partie la plus intéressante du voyage, ils visiteraient vraiment le Gabon. Pourquoi ne s'adresseraient-ils pas à une agence de voyages de Libreville pour se renseigner sur une éventuelle incursion dans l'arrière-pays ? Lorenzo s'en étonna :

« Comment, vous qui venez si souvent au Gabon, je croyais que vous connaissiez le pays ?

— Je n'ai jamais mis le nez hors de Libreville. J'y viens, je donne un coup d'œil aux travaux entre deux avions pour voir comment les choses se passent et je retourne en Italie.

— Et comment se passent les choses ?

— Bien, très bien même. Vous voyez, en Afrique, il suffit d'être derrière les Africains, surtout au début. Mais une fois qu'on a lancé les choses, ils marchent tout seuls, plus ou moins.

— Plus ou moins ?

— Oui, une fois qu'ils ont reçu les ordres, deux cas se présentent.

— C'est évident. J'imagine, ou bien ils les exécutent ou bien ils ne les exécutent pas.

— Non, vous raisonnez en Européen. Ils les exécutent de toute façon. Mais comme je le disais, deux cas se présentent : ou bien ils les exécutent, ou bien ils les exécutent, façon de parler, sans les exécuter vraiment.

— C'est-à-dire ?

— Admettons que vous voyiez quelqu'un en train de téléphoner. Tout y est : lui qui téléphone, le téléphone, l'appareil, le fil. Puis vous regardez mieux et vous constatez que la prise est débranchée. Que penseriez-vous ?

— Je penserais que c'est une illusion.

— Très bien, une illusion. Eh bien, c'est parfois la manière, ici, au Gabon, de faire les choses. En donnant l'illusion non seulement aux autres, mais à soi-même que la prise n'est pas débranchée. »

Ces dialogues, entre Colli et lui, étaient toujours les mêmes : Colli parlait le plus souvent en plaisantant, et lui, peut-être à cause de sa jalousie, ne pouvait s'empêcher de se laisser attraper et de le prendre au sérieux.

« Mais pourquoi téléphoner si la prise est débranchée ?

— Evidemment, pour montrer qu'on exécute les ordres. »

70

Cette fois-ci, Lorenzo ne résista pas à un élan d'impatience :

« Colli, est-ce que vous ne seriez pas raciste par hasard, même si c'est inconscient ? »

Colli ne fut pas désemparé.

« Nous le sommes tous. Je le suis, parce que je remarque la différence entre la manière de travailler des Africains et celle des Européens, mais celui qui nie l'existence de cette différence l'est aussi. Si vous n'étiez pas raciste, disons que, vice versa, vous ne m'auriez pas accusé de l'être.

— D'après vous, qu'aurais-je dû dire ?

— Elle est bien bonne. Rien du tout ! »

Il fut donc décidé qu'on irait se renseigner à Libreville auprès d'une agence de tourisme sur la possibilité d'un voyage à l'intérieur. C'était le 31 décembre. Après la sieste, ils se retrouvèrent tous quatre dans le salon de l'hôtel, devant l'arbre de Noël aux lumières intermittentes. Colli dit :

« Maintenant allons à l'agence pour notre voyage et ensuite au supermarché. Ici, pour le soir du nouvel An, ils ne font pas la cuisine. Je propose qu'on achète tout ce qu'il faut pour réveillonner. J'ai déjà passé un réveillon au Gabon et franchement, plutôt que de festoyer dans une boîte de nuit, je préfère qu'on grignote entre nous, tous les quatre, au bord de la mer.

— En ce qui me concerne, intervint Ada, je vais me coucher. Je me ferai apporter du champagne dans la chambre et je boirai toute seule à l'année nouvelle.

— Toute seule ? demanda Lorenzo.

— Bien sûr, toute seule. »

Colli lâcha sur un ton expéditif, sans montrer qu'il avait remarqué le ton polémique de sa femme :

« Chacun trinquera comme il voudra. On y va ? »

Ils sortirent de l'hôtel et se dirigèrent vers la voiture, dans le parking, de l'autre côté de la route. Lorenzo remarqua qu'Ada faisait exprès de s'éloigner de Colli et de Nora. Puis elle s'approcha de lui et murmura :

« Il faut que je te parle. »

Or, c'était une nouveauté par rapport à la semaine qu'ils venaient de passer au Gabon. A l'exception de la veille où ils s'étaient brièvement parlé d'un balcon à l'autre, Ada, soit qu'elle eût décidé d'endurer toute seule sa jalousie, soit qu'elle se fût résignée à subir sans protester l'outrage du rapport qui s'était établi de façon tellement affichée entre Nora et son mari, ne lui avait plus adressé la parole. Alors que Colli et Nora ne cessaient de faire des apartés, elle tenait à montrer qu'elle respectait rituellement les horaires de la vie balnéaire : déjeuner et dîner ensemble, mais sans parler, mangeant en silence, puis, dès la fin du repas, se lever de table et partir sans saluer. Mais maintenant un changement semblait être intervenu depuis la veille quand ils s'étaient rencontrés sur le balcon ; ce « il faut que je te parle » indiquait certainement que la phase digne et silencieuse de la jalousie était close et qu'Ada en revenait à l'agressive volonté spéculaire de représailles qui l'avait poussée à s'exhiber devant lui, dans la voiture, l'autre soir à

Rome. A cette pensée, Lorenzo s'aperçut que l'approche et la phrase d'Ada, au fond, ne lui déplaisaient pas. Et pourquoi ne lui déplaisaient-elles pas ? Parce que, pensa-t-il avec une conscience lucide, il était semblable à Ada : il lui suffisait de voir Nora et Colli ensemble, comme maintenant, l'un à côté de l'autre, Nora et Colli bras dessus, bras dessous, pour ressentir le besoin jaloux de faire la même chose avec Ada. Il dit du bout des lèvres :

« Me parler ? Et quand ?

— A l'heure de la sieste ils iront comme d'habitude se promener. Demain, je viendrai dans ta chambre. »

Lorenzo réfléchit puis s'écria avec rage :

« Il ne vaut mieux pas. Nous faisons désormais exactement ce qu'ils font. Mais à ce que je sache, Nora n'est pas encore allée dans la chambre de ton mari en ton absence ou inversement. Ils se promènent, voilà tout. Eh bien, pas de chambre. Nous ferons une promenade ensemble.

— Ils se promènent, hein ! Mais pendant leur promenade, que font-ils ? Est-ce que tu y as jamais pensé ? »

Lorenzo ne répondit pas et hâta le pas. Déjà la voiture. Il vit Colli ouvrir la portière et Nora s'asseoir près du conducteur. Mécaniquement il aida Ada à monter et s'installa à ses côtés. La voiture démarra.

Pendant un moment, personne ne parla. La voiture filait rapidement sur la ligne droite le long des lampadaires et des palmiers, une brise entrait par les fenêtres, adoucissait la touffeur.

Puis, tout à coup, Ada fit semblant de tomber contre Lorenzo et lui murmura :

« Nous faisons ce qu'ils font ? D'accord, faisons-le.

— Que veux-tu dire ?

— Regarde-les. »

Lorenzo se pencha en avant et regarda. Colli conduisait d'une seule main, l'autre était tendue en bas et, en s'avançant davantage, il vit qu'elle était posée sur le siège, serrant celle de Nora. Ada, avec ses nouvelles façons hystériques et passionnelles, avait donc raison. Il s'aperçut qu'il souffrait, qu'il aurait voulu crier à Colli : « Enlève cette main » et que, mécanisme fatal, il désirait faire la même chose sinon une chose plus audacieuse avec Ada. Il tendit la main, pressa celle qu'Ada tenait renversée sur son sexe.

« Ça va comme ça ? », demanda-t-il.

Pour toute réponse, Ada serra à son tour la main de Lorenzo et la porta à sa bouche, la baisant avec ferveur. Puis elle la retourna et en pressa la paume contre son sein. Lorenzo pensa avec colère : « Nous sommes deux singes qui se contemplent en eux » et retira sa main avec violence. Ada se tourna vers la fenêtre, regarda dehors un moment, puis dit à voix haute, en s'adressant à son mari :

« Si nous jouions à quelque chose, ce soir, pour le réveillon ?

— Oh oui, répondit Nora, jouons à quelque chose.

— A quel jeu ? demanda Colli.

— A un jeu auquel on joue souvent aux Etats-Unis pour passer le temps. Ce soir, pour fêter le

Nouvel An, les deux hommes vont changer de femme : toi tu prendras Nora et Lorenzo me prendra. Qu'en dites-vous ? »

Ada le battait haut la main dans le jeu de la jalousie érotique, se dit Lorenzo, grâce à son caractère passionnel. Colli répliqua, avec son bon sens habituel, inaltérable :

« L'inconvénient de ces jeux, c'est que chacun après retourne à sa femme, ce qui ne la ravit pas tant que ça. Non, ce genre de choses, mieux vaut le laisser aux Américains qui s'ennuient dans leurs banlieues. »

Lorenzo se demanda d'où venaient à Colli tant de sûreté et de sérénité. Il conclut que Colli n'avait pas besoin du jeu proposé par Ada : il le pratiquait déjà avec Nora et, en ce qui concernait sa femme, il ne semblait pas s'opposer à ce que Lorenzo en fît autant. La voiture ralentissait à l'abord des premières maisons de Libreville. Colli dit sur un ton joyeux :

« Je propose d'aller d'abord à l'agence et ensuite au supermarché pour les courses du réveillon.

— Il faut aussi acheter quelque chose de nouveau et de rouge, déclara Ada d'une voix tranquille. Moi, je sais ce que je vais m'acheter.

— Quoi ?

— Un petit sac que j'ai déjà vu, répondit Ada. Une chose de rien du tout mais mignonne. Tout en petites perles rouges. »

Sa voix était calme, une voix normale de personne normale. Lorenzo admira cette capacité d'abandonner la passion pour la sérénité et vice versa, comme le flux et le reflux constant d'une houle. Lui, en revanche, il n'en était pas capable : il souffrait ou se préparait à souffrir à nouveau.

La voiture, à présent, avançait presque au pas sur la route principale de Libreville. Dans tous les magasins, les vitrines scintillaient des décorations de Noël, les trottoirs étaient envahis de passants qui s'attardaient parmi toutes ces tentations. Mais au bout des rues perpendiculaires, en contraste avec tant de lumière, on apercevait l'obscurité de la forêt équatoriale. Dans l'une de ces rues, ils distinguèrent l'enseigne lumineuse de l'agence.

Dans la vitrine se trouvait aussi un petit arbre de Noël avec des lampions clignotants, comme celui de l'hôtel. Ils entrèrent. Le mobilier se limitait à un comptoir et deux chaises. Derrière le comptoir, sur le mur, était accrochée une grande carte du Gabon. Une employée blonde et jeune, avec un grand front et un menton pointu y était assise. Colli se rapprocha et dit dans un français correct :

« Je viens souvent au Gabon, mais je n'ai jamais visité l'intérieur du pays. Peut-être pourriez-vous me suggérer des idées.

— Des idées ? Tenez, il y a dans ce prospectus tout ce que vous voudrez savoir.

— Nous avons déjà assez de prospectus à l'hôtel. Est-ce que vous ne pourriez pas me fournir des renseignements plus précis ?

— Tout est déjà marqué dans le prospectus.

— Voyons, on dit que Lambaréné est intéressant.

— Oui, c'est intéressant. Il y a les hôpitaux du docteur Schweitzer.

— Comment y va-t-on ?

— Il y a une route goudronnée sur un tiers du parcours. Puis il y a la piste. On y va en voiture, je suppose.

— Vous n'y êtes jamais allée ?

— A Lambaréné ? Non, jamais.

— A part Lambaréné, quels sont les autres centres importants ?

— Vous pouvez les voir sur cette carte. »

L'employée se retourna et indiqua la grande carte accrochée au mur.

« Butanga, Port-Gentil, Booué, Minkebé, Balinga.

— Et c'est intéressant, tout ça ?

— Intéressant ?

— Je veux dire : il y a quelque chose à voir ?

— Je ne crois pas.

— Mais au Gabon, il y a des forêts immenses.

— Ah, ça oui, il y a des forêts et il y a des pistes qui traversent les forêts.

— Et vous fournissez les voitures ?

— Non, nous ne fournissons pas les voitures.

— Pourquoi ?

— La piste est mauvaise, les voitures se détériorent et ne reviennent pas.

— Mais les voyageurs, ceux qui reviennent ?

— Il n'y a pas de voyageurs.

— Il doit bien y avoir au moins les habitants de ces endroits ?

— Dans beaucoup de régions, il n'y a pas d'habitants. Il y a de grandes étendues avec moins d'un habitant au kilomètre carré. Il n'y a personne.

— Alors, indiquez-nous au moins un endroit où nous puissions aller par nos propres moyens. »

L'employée fixa Colli de ses petits yeux bleus : « Allez à Mayumba.

— Qu'est-ce que c'est, Mayumba ?

— C'est au bord de la mer. Voici le prospectus.

— C'est beau, Mayumba ?

— Je n'y ai jamais été. C'est considéré comme la plus belle plage du Gabon.

— Comment s'y rend-on ?

— En avion. Avec Air Gabon.

— Il y a des hôtels ?

— Il y a une *lodge*. Prenez le prospectus.

— Vous nous conseillez d'y aller ?

— A vous de décider.

— C'est tout de même une drôle d'agence que la vôtre ! s'exclama Colli. Au lieu d'encourager le tourisme, on dirait que vous voulez le décourager.

— Ce n'est pas ça. Nous ne prenons pas de responsabilités, nous laissons les touristes libres d'aller où ils veulent par leurs propres moyens. »

Colli empocha les prospectus et, une fois hors de l'agence, il commenta paisiblement :

« Cette charmante enfant n'est guère accueillante. Mais c'est un effet de l'endroit. Un Français me le disait justement hier : " Ici, au Gabon, il y a une espèce de maladie psychologique qui frappe surtout les résidents européens, faite d'absence de volonté, d'indifférence, d'apathie. Dans sa phase aiguë, on l'appelle gabonite et alors on n'a plus qu'à prendre le premier avion pour l'Europe. Dans sa phase chronique, le gabonisme. " »

Il ne leur restait plus qu'à visiter le supermarché et à y acheter, en plus de ce qu'il fallait pour le dîner du réveillon, quelque chose de nouveau et de rouge à mettre pour la fête. Le supermarché s'appelait Mbolo, ce qui, expliqua Colli, signifie dans la langue locale « bonjour », et cela constituait une visite indispensable, du moins pour se rendre compte du degré de prospérité atteint au Gabon, l'un des pays au niveau de vie le plus élevé d'Afrique. Il continua à expliquer à quoi le Gabon devait sa prospérité : bois précieux, manganèse, uranium, diamants. Maintenant, tandis que Colli conduisait et parlait, Ada faisait quelque chose qui attira l'attention de Lorenzo : tout en regardant la route, elle essayait petit à petit d'enlever son alliance, la seule bague qu'elle portait aux doigts. La bague paraissait serrer sa phalange, Ada la fit tourner, jusqu'à ce qu'elle parvînt à la retirer, la prit dans sa paume, l'examina, puis, d'un geste simple, tendit le bras et ouvrit la main. L'alliance tomba sur la route. Lorenzo demanda à voix basse :

« Qu'imagines-tu avoir fait ?

— Que veux-tu dire ? »

Lorenzo se toucha l'annulaire où il portait son alliance. Ada comprit et répondit, elle aussi à voix basse :

« J'ai pris une décision.

— Voici le supermarché », annonça Colli.

Le supermarché apparut dans toute sa froideur démesurée, vaguement symbolique, comme un gigantesque bidon rectangulaire, peint de raies verticales blanches et bleues, à l'abri d'une couronne d'énormes arbres feuillus. Devant le magasin, s'étendait un vaste terre-plein avec un parking où étaient garées de nombreuses voitures à l'ombre de la végétation. Le nom de Mbolo, écrit en grandes lettres formées de lampes multicolores, resplendissait au sommet du « bidon », la lumière allait et venait et alternativement le feuillage des arbres devenait vert en quelques instants avant de retomber dans le noir. Un torrent de musique aux rythmes syncopés se déversait sur le parking et paraissait aimanter la foule des acheteurs un peu comme le fracas des trombones et des grosses caisses dans les fêtes villageoises d'autrefois. Et les clients, en effet, affluaient en rangs disciplinés vers les quatre portes d'entrée du supermarché avec une docilité empressée comme des fidèles retardataires vers le parvis d'une église.

Lorenzo se demandait maintenant quelle décision avait prise Ada en jetant soudain son alliance ; tout en avançant dans la foule vers le supermarché, il eut une espèce de sentiment aigu d'exaspération et prit à son tour une décision : il ferait l'amour avec Ada à la première occasion et aussitôt après annoncerait qu'il renonçait au voyage touristique à l'intérieur du Gabon ; il rentrerait en Italie. Seul ou avec Nora ? Ou alors avec Ada ? Peut-être avec Ada. Il abandonnerait Nora, il poursuivrait avec Ada, peut-être vivrait-il avec elle. Quant à Nora...

Comme pour le conforter dans cette décision, voilà là-bas, à quelques pas d'Ada et de Lorenzo,

Colli qui, semblant la guider dans la foule, avançant avec Nora bras dessus, bras dessous, et elle, d'un geste ambigu, paraissant l'embrasser, approchait ses lèvres de son oreille et lui parlait. Ada s'avança près de lui et lui dit à voix basse :

« Tu as vu ? »

Lorenzo frémit : effectivement, c'était une des caresses préférées de Nora.

« Je n'ai rien vu, répondit-il. Ou plutôt, j'ai vu que tu as enlevé ton alliance et que tu l'as jetée sur la route.

— Ça ne t'a pas fait plaisir ? »

Ada continuait donc à se montrer jalouse, réfléchit-il, et en même temps elle était convaincue que lui-même, non moins jaloux, éprouvait à son égard un sentiment qu'il fallait bien qualifier d'amoureux. Mais c'était un amour spéculaire par rapport à celui qui semblait exister entre Colli et Nora, vindicatif et mimétique. Il demanda sur un ton sec :

« Peut-on savoir pourquoi ça devrait me faire plaisir ?

— Je l'ai fait pour toi. »

Et, au bout d'un moment :

« Serre-moi le bras comme le fait Flavio avec Nora. »

Mécaniquement Lorenzo lui serra le bras. Ada aussitôt répondit à sa pression et lui lécha l'oreille. Lorenzo s'écarta brusquement et constata que Colli se détachait lui aussi de Nora. Ainsi, en ordre dispersé, ils entrèrent tous les quatre dans le supermarché.

Un immense hall occupait tout l'édifice. Les

décorations, les rideaux, les festons, les lampes et les ornements de toute sorte étaient exclusivement d'un rouge feu qui tendait au violet, impudique comme la muqueuse d'une cavité viscérale. D'un bout à l'autre du hall, couraient des rangs de portemanteaux avec les vêtements serrés les uns contre les autres ou encore des rangées analogues de produits alimentaires. Dans les allées, les clients avançaient lentement, examinant la marchandise. Tout cela dans le fracas de la musique rock à son paroxysme.

Ils étaient à nouveau réunis pour choisir quelque chose de nouveau et de rouge à mettre le Jour de l'An. Au terme de beaucoup d'hésitations amusantes, soulignées par les facéties de Colli, Lorenzo prit une cravate rouge et Colli un mouchoir rouge. Ada son petit sac en perles rouges et Nora un slip rouge. Colli objecta aussitôt :

« Le slip, ça ne compte pas, ce n'est pas du jeu, parce que ça ne se voit pas. »

Nora répondit en riant :

« Qui te dit que ça ne se verra pas ? »

Cela suffit pour qu'Ada appuyât sur le bras de Lorenzo qui allait riposter agressivement :

« C'est vrai, le slip ça ne se voit pas, sinon quand on l'enlève. »

Mais il s'aperçut juste alors que Colli et Nora avaient disparu.

Ada s'exclama, tout excitée :

« Tu as vu ? Il l'a entraînée par la main. Peutêtre, ajouta-t-elle, l'a-t-il attirée pour l'aider à enfiler le slip rouge. »

Lorenzo se tut un moment. Cette phrase sur le

slip avait toute la vulgarité d'une jalousie à la fois physiologique et bourgeoise. Il pensa soudain, avec une cruauté consciente, que cette phrase s'accordait parfaitement à la fin envisagée de son propre mariage. Il demanda :

« Quand tu as jeté ton alliance, tu m'as dit que tu avais pris une décision. Laquelle ?

— Celle d'en finir, répondit-elle sans hésiter.

— J'ai pris la même, assura-t-il. Tu dois être contente, alors ? »

Elle le défia :

« Tu l'avais sans doute déjà prise hier, quand nous nous sommes retrouvés sur le balcon. Mais depuis tu y as repensé. »

Lorenzo regarda autour de lui, puis répliqua :

« Calme-toi donc. Nous ferions mieux de les rejoindre. Il faut que nous achetions de quoi manger. Ils sont peut-être montés au premier. »

Ils se dirigèrent vers les ascenseurs. Une cabine envahie de clients montait précisément à ce moment-là, mais il suffit à Lorenzo d'un coup d'œil pour vérifier que Colli et Nora ne s'y trouvaient pas. Ils entrèrent au milieu de la foule qui les bousculait de tous les côtés. Lorenzo sentit qu'Ada se serrait contre lui, cherchait sa main avec la sienne et glissait ses doigts entre les siens. L'ascenseur s'arrêta, les portes se rouvrirent, la foule sortit, ils étaient les derniers. Ils se retrouvèrent dans une salle en tout point semblable à celle du rez-de-chaussée, aussi immense, parée des mêmes décorations rouge feu. Ada déclara en jetant un regard circulaire :

« Où peuvent-ils bien être passés ? »

Lorenzo chercha vainement des yeux le casque

d'or de Nora parmi toutes ces têtes noires lai-
neuses, puis demanda :

« Qu'est-ce que ça peut te faire ? N'as-tu pas
décidé d'en finir ?

— Nous sommes ensemble ; au moins par
simple politesse ils ne devraient pas s'isoler. Le
jour, passe encore, mais maintenant même la
nuit ! »

Lorenzo se troubla.

« Que racontes-tu ?

— Cette nuit, je me suis réveillée et il n'était
pas dans la chambre. La porte-fenêtre était
ouverte, j'ai entendu des chuchotements, je me
suis levée et j'ai regardé sans me montrer.
C'étaient eux, ils bavardaient. Il était trois
heures.

— Ils devaient avoir chaud. Qu'y a-t-il
d'étrange à ça ?

— Oui, tellement chaud que Nora était nue. »

Lorenzo se rappela qu'à cause de la chaleur
Nora dormait nue. Mais la nudité de cette nuit
était probablement préméditée. Dans son égare-
ment, il posa la première question qui lui vint à
l'esprit :

« Combien de temps ça a duré ?

— Assez pour que quelque chose se passe. Ils
ne sont pas du genre à faire comme nous. Je
connais mon Flavio, il n'aura certainement pas
répondu qu'il ne voulait rien.

— Mais combien de temps ça a duré ?

— Peut-être une demi-heure, peut-être davantage. Ça te démange que ta petite bonne femme
se lève la nuit et aille rejoindre nue son amant
sur le balcon ? »

C'était en même temps le langage de la jalousie et celui de la classe très précise à laquelle Ada appartenait. Et Lorenzo fut troublé par un désir soudain, à la fois cruel et méprisable. Il murmura brusquement :

« Tu veux que nous fassions l'amour ? »

Le sourire forcé et malicieux s'éteignit sur le visage d'Ada : à son tour troublée, elle demanda :

« Mais où ? »

Or Lorenzo avait remarqué que là-bas, au fond du hall, un escalier métallique montait en diagonale le long du mur jusqu'à une petite porte sous le plafond et conduisait de toute évidence à une terrasse. Il dit en l'indiquant :

« Montons sur la terrasse.

— La porte doit être fermée.

— Voyons. »

Avec une détermination soudaine, elle se dirigea vers l'escalier à travers la foule. Ils montèrent doucement et, avant d'ouvrir la petite porte, Lorenzo baissa les yeux vers le hall, constatant une fois encore que Nora et Colli étaient invisibles. Ensuite, il tourna la poignée et, à sa surprise, la porte s'ouvrit. Il sortit alors le premier et ensuite aida Ada à le suivre.

La terrasse était dans l'obscurité, mais pas au point d'empêcher d'apercevoir le vaste pavement noir, comme enduit de bitume, et çà et là des groupes de cheminées. Une partie de la terrasse était éclairée indirectement par les lampadaires du parking, l'autre était dans l'ombre. Ada se dirigea avec assurance vers la partie sombre. Lorenzo la vit s'accouder au parapet et se pencher pour regarder en bas, fléchissant son corps en angle droit, de sorte que son derrière se retrouvait plus haut que sa tête. Il s'approcha à son tour du rebord et dit à tout hasard :

« C'est beau, hein ?

— Qu'est-ce qui est beau ? fit-elle, agacée. On ne voit rien ! »

Puis, au bout d'un moment, elle ajouta à mi-voix :

« Allons, faisons-le et ne perdons pas de temps. »

Lorenzo s'écarta du parapet, la contourna. Il éprouvait un sentiment de mépris profond, tant envers lui qu'envers elle, et ça l'excitait. Il se rapprocha de son dos et essaya vainement de relever sa jupe, qui était serrée et courte. Ada ne changea pas de position, mais tendit en arrière une main, saisit l'ourlet de sa jupe et la tira de biais, d'un geste sec, maladroit et obstiné. Lorenzo baissa sa fermeture Eclair, il pensait que dans la pénétration par-derrière s'exprimait avec précision le sentiment cruel qui l'animait alors, il se pencha impétueusement vers elle. Mais, à sa surprise, tout à coup, Ada le repoussa avec une violente ruade, puis, toujours penchée et accou-dée au parapet, elle rabaissa sa jupe d'un geste aussi maladroit et obstiné que celui avec lequel elle s'était découverte. Lorenzo hésita, puis, voyant qu'elle restait encore accoudée, alla se mettre à ses côtés, essayant de la regarder dans les yeux. Il constata qu'elle pleurait. Ses larmes paraissaient jaillir avec difficulté de ses yeux grands ouverts dans l'obscurité, et comme elles coulaient sur ses joues, elle pointait sa langue pour les lécher et comme pour en savourer toute l'amertume.

« Excuse-moi », dit-elle.

Lorenzo ne répondit rien. Elle poursuivit :

« J'étais venue là-haut pour faire l'amour. Mais je m'aperçois que je ne peux pas. J'ai l'impression d'être une salope.

— Viens, redescendons, proposa Lorenzo.

— Oui, rentrons. Je ne veux plus le voir. Cette nuit, je ne dînerai pas avec vous. Et demain, je veux rentrer en Italie par le premier avion.

— Allons, ne le prends pas comme ça. »

Lorenzo l'entraînait. Soudain, elle se tourna et jeta ses bras à son cou, en appuyant sur son visage le sien, mouillé de larmes. Lorenzo se laissa embrasser avec hâte et fureur, le visage couvert de baisers passionnés et rapides ; puis, il s'écarta d'elle avec douceur et la poussa vers la trappe par laquelle ils étaient sortis sur la terrasse.

Ils descendirent par le petit escalier, et alors, juste sous eux, ils n'en croyaient presque pas leurs yeux, apparurent la tête dorée de Nora et la grande silhouette maigre de Colli. Nora se tenait derrière un caddie où étaient entassés des paquets et des conserves.

« On vous a cherchés. Où étiez-vous passés ?

— Mais ici, répondit Colli. On furetait pour faire les provisions. On vous a vus quand vous montiez.

— Nous sommes allés sur la terrasse, expliqua Lorenzo, pour voir si vous étiez là-haut. »

Maintenant, le supermarché se vidait, la musique retentissait, les lampes resplendissaient, mais déjà l'équipe de nettoyage commençait à balayer le sol dans les allées désertes. La foule se pressait vers la sortie. Colli indiqua à Lorenzo un Africain jeune et robuste, en tricot noir et en pantalon rouge, qui poussait un caddie débordant de victuailles, suivi par une femme énorme qui tenait une fillette dans ses bras, un petit garçon à la main plus deux autres enfants qui s'accrochaient à ses jupes. Il dit qu'une famille comme celle-là indiquait le degré de prospérité atteint par le Gabon. Lorenzo imagina soudain que le voyage au Gabon était un vrai voyage de vacances de Noël et rien d'autre, et qu'entre Colli et Nora n'existait qu'une amitié de voyage précisément. Mais Ada ne lui permit pas cette illusion. Tandis qu'ils sortaient du supermarché, elle s'approcha de lui et murmura :

« Excuse-moi encore une fois de ce qui vient de se produire. »

Lorenzo corrigea du bout des lèvres :

« De ce qui ne s'est pas produit.

— Il est évident que je suis une femme irrémédiablement fidèle. Mais la prochaine fois, ce ne sera pas comme ça : la prochaine fois, je serai à toi. »

Lorenzo répéta intérieurement : « Je serai à toi ! Mais pourquoi faut-il qu'elle dise toujours le lieu commun qu'on attend ? » Or, il ne pouvait s'empêcher de s'apercevoir que le lieu commun lui inspirait un obscur désir rageur, indéfinissable. Il riposta :

« Il n'y aura pas de prochaine fois.

— Il y en aura une, je te le jure. »

Au parking, Lorenzo déclara :

« Maintenant c'est moi qui vais me mettre au volant. »

Il calculait que Nora reprendrait sa place de l'aller, près du conducteur. Mais, tandis qu'il se retournait, voilà qu'il découvrit Ada à ses côtés, avec la stupeur que provoque un tour de passe-passe.

De rage, il appuya à fond sur l'accélérateur et fit démarrer la voiture en trombe, comme s'il avait voulu lacérer le paysage. Les palmiers et les lampadaires, également très élevés, semblaient bondir vers lui dans la claire et douce nuit africaine. Les voitures qui le croisaient l'éblouis-saient d'appels de phares désespérés. Colli cria :

« Lorenzo, doucement, on ne veut pas mourir au Gabon ! »

Ada, qui paraissait attribuer cette fureur à leur étreinte manquée sur la terrasse, lui murmura :

« Allons, ne te mets pas hors de toi comme ça. »

Et comme pour lui faire sentir sa solidarité complice, elle lui posa la main sur la cuisse, une main carrée de paysanne, un geste plus possessif que flatteur. Lorenzo pensa qu'Ada était vrai-ment convaincue d'avoir avec lui un rapport amoureux, il eut honte de sa propre fureur, freina. Derrière lui, il entendait Colli et Nora plaisanter et rire. Ada demanda :

« Qu'est-ce que vous avez à rire, vous deux ?

— On rit et on plaisante parce que c'est le dernier jour de l'année, aujourd'hui.

— Dites-nous ce qui vous fait rire. On rira nous aussi, comme ça. »

Mais ils étaient déjà arrivés. Une fois à l'hôtel,

Nora et Colli allèrent directement avec leurs paquets jusqu'aux ascenseurs. Ada, elle, ralentit le pas, rejoignant Lorenzo près de l'arbre de Noël. Il demanda :

« Pourquoi n'es-tu pas montée avec ton mari et Nora dans l'ascenseur ?

— Parce qu'ils sont heureux et pas nous. »

Lorenzo dit amèrement :

« Je ne peux être heureux qu'avec Nora.

— Et moi avec Flavio. Pourquoi n'essayons-nous pas d'être heureux ensemble ?

— Nous ne pouvons être que malheureux, tous les deux. »

L'ascenseur était là. Ils entrèrent, les portes se fermèrent, Ada s'adossa à la paroi devant Lorenzo. La cabine monta un étage puis Ada, avant qu'ils n'arrivent au deuxième, avança une main pour appuyer sur le bouton du stop. La cabine s'immobilisa, Ada desserra un peu les portes, puis s'agenouilla face à Lorenzo, approchant ses deux mains et sa bouche de son ventre. Lorenzo posa une main sur la tête d'Ada et la repoussa. Ada se releva et dit :

« Après, ne dis pas que c'est moi. »

Puis elle appuya à nouveau sur le bouton. L'ascenseur se remit en marche, monta deux autres étages, les portes s'ouvrirent, ils descendirent en silence et disparurent chacun dans sa propre chambre.

Une fois dans la sienne, Lorenzo vit en premier lieu, à travers la vitre opaque de la salle de bains, l'ombre de Nora enveloppée du poudroiement de l'eau de la douche. Il lui vint un désir comme de purification après cet après-midi passé avec Ada, il se hâta d'ôter sa chemise, et, entièrement nu, se dirigea vers la salle de bains ; mais juste alors, Nora en sortait, également nue. Lorenzo proposa sur un ton impérieux :

« Viens, prenons une douche ensemble. »

Il observa qu'elle le considérait avec étonnement :

« Mais je viens d'en prendre une, pourquoi devrais-je recommencer ?

— Pour me faire plaisir. »

Nora le dévisagea, puis haussa les épaules et marcha vers le lit. Lorenzo, soudain furieux, la saisit par un bras :

« Eh bien, sache-le. Aujourd'hui, là-haut, sur la terrasse du supermarché, j'ai fait l'amour avec Ada. »

Etait-ce un mensonge, se demanda-t-il aussitôt après, ou la vérité ? En tout cas, les deux refus, celui d'Ada dans le supermarché et le sien dans l'ascenseur, équivalaient à un véritable rapport d'amour, fût-il frustré et spéculaire.

Il la vit qui se retournait et le fixait de ses pupilles bleues sans regard. Puis elle dit avec une sérénité déconcertante :

« C'est ce que j'ai pensé. Pourquoi l'as-tu fait ? Alors que j'étais prête à le faire, moi.

— Prête, ah oui ? » fit Lorenzo.

Elle réagit, cette fois, en libérant son bras, sans brusquerie, mais avec douceur :

« Oui, prête. Est-ce que je ne suis pas ta femme ?

— Oui, à ce qu'il paraît, tu l'es. »

Elle le prit par la main.

« Viens, je veux reprendre une douche. Je veux

te laver, comme ça tu te débarrasseras aussi du souvenir d'Ada. »

Lorenzo aurait voulu protester, lui dire que ce n'était pas vrai, que finalement il lui avait été fidèle, mais il y renonça : à quoi servait une vérité qui n'était pas une vérité ? Il suivit donc Nora sous la douche. Elle régla le jet froid et piquant, puis elle prit le savon et, comme venait de le faire Ada, elle s'agenouilla, et lui lava soigneusement le sexe. Il eut immédiatement une érection, elle s'en aperçut et dit :

« Allons, calme-toi, Ada ne te suffit donc pas ? »

Elle manifestait si peu de jalousie qu'il ne put s'empêcher de s'exclamer :

« Mais ce n'est pas vrai.

— Qu'est-ce qui n'est pas vrai ?

— Que j'aie fait l'amour avec Ada. Je ne l'ai pas fait.

— Pourquoi me l'as-tu dit, alors ?

— Comme ça.

— Tu veux le faire maintenant avec moi ?

— Oui. »

Ils firent donc l'amour dans la salle de bains, debout, sous la douche, leurs deux corps collés l'un à l'autre, comme pour former, à la faveur de l'eau qui les enveloppait, un seul et même corps. Puis, après avoir arrêté la douche, ils sortirent de la salle de bains et allèrent s'allonger ensemble sur le lit. Elle se recroquevilla contre lui et lui murmura :

« Ce soir, on va porter un toast à l'année nouvelle. Promets-moi que tu lèveras ton verre non pas à moi, mais à notre mariage.

— Mais notre mariage n'existe plus, il est au plus mal.

— Notre mariage existe bel et bien, et il marche parfaitement. »

CHAPITRE 5

Après s'être reposés, en faisant cette espèce de sieste qui d'habitude précédait leur dîner, ils s'habillèrent et descendirent au rez-de-chaussée. Le hall avait son apparence normale mais, en s'avançant du côté de la plage, ils constatèrent que le restaurant était effectivement fermé, la piscine dans le noir, la tribune du « barbecue » éteinte, les tables nues plongées dans la pénombre. Entre les troncs inclinés des palmiers, on entrevoyait les flots orageux. Le bruit du ressac lui-même paraissait plus fort que d'ordinaire et étrangement lugubre.

Mais Colli, qui avait eu l'idée du pique-nique de réveillon, entre eux, loin des fêtes vulgaires des restaurants de Libreville, surmonta aussitôt toute impression sordide en s'écriant :

« Oh, quelle beauté ! Enfin, il n'y a plus personne. Mais nous, nous sommes là !

— Oui, répondit ironiquement Ada. Il n'y a pas de doute, nous sommes là.

— Ne te plains pas, allons, dit Colli en s'adressant à sa femme. Après tout, tu es ici avec moi.

— Oui, après tout.

— Du reste, il n'y a pas que moi qui suis ce que

je suis, il y a aussi Nora qui est toujours prête à voir le bon côté des choses, il y a Lorenzo qui est ici pour son travail et écrira certainement des articles brillantissimes. Que veux-tu de plus, heureuse mortelle ? On boira à l'année nouvelle qui nous apportera sans aucun doute quelque chose de positif, non seulement à nous, mais au reste du monde qui en a tellement besoin. Et avant de porter un toast, nous mangerons l'excellente nourriture que nous avons achetée au supermarché. Et puis nous parlerons, ce que nous n'aurions pas pu faire dans le brouhaha d'un banquet de fin d'année.

— Nous parlerons de quoi ?

— Elle est bien bonne, celle-là ! De nous-mêmes, de l'Afrique, de nos aspirations, nos espoirs, nos désirs. Nous parlerons de notre travail. Lorenzo nous dira ce qu'il entend mettre dans ses articles. Moi, si vous y tenez, je vous parlerai de la route que nous traçons à l'intérieur du Gabon. »

Lorenzo ne put s'empêcher d'intervenir :

« Vous êtes toujours gai, vous.

— Je suis gai parce que je suis toscan ! lança vivement Colli. Les Toscans, vous les reconnaissez surtout à leur type de gaieté. Ce n'est pas la gaieté des Napolitains, par exemple, pris d'une perpétuelle tarentelle, ou la gaieté, disons un peu pesante, des gens d'Emilie. Non, c'est une gaieté active, pétillante, comme celle des oiseaux. Le Toscan ne reste jamais en place, jamais les bras croisés, jamais privé d'initiative. La première question qu'un Toscan se pose à lui-même et

96

qu'il pose aux autres, c'est : " Et maintenant, qu'est-ce qu'on fait ? " »

Lorenzo trouva Colli presque sympathique. Il était sympathique, se dit-il, à la manière un peu irritante mais exceptionnelle d'un homme qui n'a pas de doutes dans un monde qui doute de tout. Mais comment Colli faisait-il pour être ainsi ? Une fois écartée l'idée de son identité toscane, restait celle du succès qui, selon l'opinion commune, souriait à Colli plus souvent qu'à bien d'autres. Il se rappela soudain, sans jalousie cette fois-ci, que Colli, même s'il n'était peut-être pas l'amant de Nora, jouissait de ses faveurs et il pensa que c'était là que résidait l'explication du mystère : simplement Colli était, pour ainsi dire organiquement, un homme à succès. Succès non pas seulement dans son métier d'entrepreneur, mais en général. Il faisait en sorte d'en avoir tout le temps, qu'il trace une route au Gabon, qu'il courtise la femme d'un collaborateur d'un journal qui lui appartenait, ou, plus modestement, qu'il parvienne à organiser un pique-nique de fin d'année. Ainsi le risque de l'échec dans quelque grande entreprise était-il compensé par le succès d'une autre de moindre envergure : ce qui comptait, ce n'était pas la cause du succès, mais le succès lui-même. Avait-il du mal à séduire Nora ? Eh bien, les spéculations en bourse marchaient pour le mieux. Les ventes de son journal n'étaient pas florissantes, mais, grâce à son argent, il achetait les faveurs d'une femme charmante et facile dont il s'était entiché. Colli réussissait ainsi à traverser le torrent violent et douteux de la vie, sautant d'un succès à l'autre,

97

parvenant chaque fois à garder les pieds secs. Maintenant, la pierre sur laquelle il avait pris appui avant l'inévitable saut avait pour nom Nora. Ça lui suffisait pour se sentir, comme il disait, léger, pétillant et gai comme un pinson.

Ces réflexions lui donnèrent presque instinctivement envie de détromper Colli. Avec lui, du moins, son boss ne disposerait pas de son caillou habituel pour franchir le torrent de la vie.

« Ecoutez, Colli, parlons du travail, si vous voulez, mais rien que du vôtre. En ce qui me concerne, je n'ai rien à dire.

— Et pourquoi donc ?

— Parce que je n'ai pas la moindre intention d'écrire des articles.

— Ça alors ! Pourquoi diable êtes-vous venu au Gabon, dans ces conditions ? »

Lorenzo réfléchit.

« Je suis venu pour les mêmes raisons que vous : pour le travail et pour prendre des vacances. Vous, votre travail, vous l'avez fait, tandis que moi je ne l'ai pas fait et ne le ferai pas. Je n'écrirai pas d'articles, je me contenterai de mes vacances.

— Et quelle raison avez-vous, si elle est légitime ? »

Ils étaient assis l'un en face de l'autre, à une table sans nappe, dans l'ombre. Ada et Nora s'étaient désintéressées de la conversation, elles défaisaient les paquets du pique-nique, disposaient les plats. Lorenzo pensa qu'il pouvait raconter à Colli qu'il n'écrirait pas d'articles parce que Nora et lui avaient engagé une relation trop intime. Etaient-ils si intimes, parce que lui, par vanité conjugale, avait voulu que son patron connaisse sa femme ? Il se demanda s'il y avait une métaphore qui pouvait remplacer l'ancienne légende d'Hérodote sur Gygès et Candaule et il crut l'avoir trouvée : entre Gygès et Candaule il y avait également une rivalité, un rapport d'inférieur à supérieur, mâle contre mâle. Gygès était le courtisan, Candaule le roi. Entre Colli et Lorenzo, outre la rivalité de mâle contre mâle, il y avait aussi un rapport social, comme d'inférieur à supérieur, mais renversé : Colli, en tant que propriétaire du journal, était supérieur, et lui, comme collaborateur, inférieur. Pourquoi ne pas recourir à la métaphore du rapport social pour cacher la rivalité de mâles entre eux ? Il dit à brûle-pourpoint à Colli :

« C'est vous, la raison. »

Colli ne fut nullement troublé. Il répliqua presque joyeusement :

« C'est la meilleure ! En quoi cela me concerne-t-il ? »

Lorenzo répondit toujours avec la même franchise stoïque :

« Cela vous concerne, parce que vous êtes le propriétaire du journal.

— J'ai une participation, précisa Colli calmement. De soixante pour cent.

— Parfait, soixante pour cent. Mais vous participez également au tracé d'une route au Gabon.

— En effet, j'ai une participation pour la route aussi. Avec les Français, à cinquante pour cent. »

Lorenzo se tut un moment. On apercevait les deux femmes qui bavardaient en préparant le repas. Plus loin, dans les ténèbres de la baie, la lumière d'une plate-forme pétrolière rougeoyait.

« Vous voyez, Colli, lança-t-il enfin en donnant à sa voix un ton raisonnable, moi aussi je participe, ou si vous préférez, j'ai une participation. »

Colli se montra ironique et en même temps sincèrement étonné.

« Une participation ? Je ne savais pas. Je croyais que vous étiez journaliste, pas un homme d'affaires. »

Lorenzo rétorqua non sans impatience :

« Eh bien, c'est précisément en tant que journaliste que je participe. Mon premier souci est de participer à sauvegarder ma réputation professionnelle.

— De grâce, fit Colli, toujours surpris, quel danger court votre réputation professionnelle à cause de moi ? »

Ainsi donc, pensa Lorenzo, la métaphore marchait : il suffisait de dire « envoyé spécial » à la place de « mâle ». Il dit froidement :

« Le danger de ne pas être désintéressé ou de ne pas sembler désintéressé. Vous avez des affaires au Gabon, je fais un reportage au Gabon. Vous ne voyez pas le lien ? »

Il croyait être très dur et très explicite. A sa grande surprise, il vit en fait Colli éclater de rire :

« Mon cher Lorenzo, vous en êtes encore à une conception du monde, disons, d'authentique capitaliste.

— Encore ? Moi ? Pourquoi donc ? Parce que j'ai découvert l'incompatibilité du journalisme et des affaires ?

— Oui, vous en êtes encore là. L'entrepreneur

100

qui fait des affaires au Gabon, le journaliste qui avec ses articles facilite ses affaires... c'est du passé, tout ça, mon cher Lorenzo. Passé et dépassé.

— Possible, répondit Lorenzo avec raideur. Mais il y a encore aujourd'hui une incompatibilité entre la réputation professionnelle et les affaires. »

Colli n'en répliqua pas moins avec gaieté :

« Vous, Lorenzo, vous êtes libre, tout à fait libre de critiquer dans le journal mes affaires au Gabon, ce n'est pas moi qui vous ai envoyé ici, mais le directeur. Et le directeur sait parfaitement que le journal se vend dans la mesure où il est indépendant. Or, comme propriétaire du journal, justement, j'ai intérêt à ce que le journal se vende, donc qu'il soit indépendant, donc que vous me critiquiez en toute liberté. »

Lorenzo se demanda où se trouvait le défaut de ce raisonnement irréprochable et il comprit qu'il était contenu dans la phrase : « Ce n'est pas moi qui vous ai envoyé, mais le directeur. » Il objecta :

« En effet, tout cela est vrai. Mais le directeur ne prendrait jamais la responsabilité de publier un article qui critiquerait vos affaires.

— Erreur. Le journal a une tradition de désintéressement et de liberté : il doit le prouver. Vous pouvez dire tout ce qui vous chante, bien entendu dans les limites de cette tradition.

— Précisément : dans les limites de cette tradition.

— Mais alors, dès le départ, il fallait refuser de collaborer à mon journal, il fallait en choisir un autre. Mais je continue, poursuivit Colli en devenant plus sérieux, à ne pas voir le lien entre la route du Gabon et vos articles. La route doit être conçue dans les règles de l'art de même que votre reportage, il n'y a donc pas de rapport entre les deux. Je suis un entrepreneur et on parle, en effet, de mes affaires dans les pages économiques du journal. Pour une fois, un envoyé spécial en parlera dans les pages culturelles. Pourquoi pas ? »

Lorenzo réfléchit. Pourquoi, au fond, Colli n'avait-il pas tort de l'accuser d'une conception du monde paléocapitaliste ? Parce que, se dit-il avec lucidité, le journal ne se présentait pas comme vérité, mais comme image, c'est-à-dire image d'indépendance et de désintéressement, et lui-même, Lorenzo, devait contribuer à confirmer et à maintenir en vie cette image. A la lumière de ce raisonnement, il s'aperçut toutefois que la métaphore de l'envoyé spécial incorruptible et désintéressé ne tenait plus le coup et il ajouta :

« Ça se peut, mais je n'ai plus envie d'écrire mes articles et je n'en écrirai pas. »

Nora s'approcha soudain et s'écria :

« Colli, ne faites pas attention. Maintenant il prétend qu'il n'écrira pas d'articles. Mais plus tard, il se ravisera. Il fait toujours comme ça. »

Lorenzo, à ces mots, regarda Nora et se tut. Il lui était venu à l'esprit qu'après avoir inventé la métaphore de l'incompatibilité entre ses articles et les affaires de Colli, il ne parvenait plus, à présent, à la maîtriser. A présent, Nora elle-même paraissait très sérieuse, inconsciemment peut-être. Elle avait dit : « Vous verrez qu'il écrira ses articles. Il fait toujours comme ça : il dit une chose et il en fait une autre. » Mais en réalité, c'était comme si elle avait dit : « Il fait toujours comme ça. Il est jaloux, mais finalement il ferme les yeux et me laisse faire. »

Ada intervint alors, inopinément :

« Et moi je crois, au contraire, que Lorenzo a de bonnes raisons de ne pas écrire d'articles. »

Ada se servait à son tour de la métaphore, en déduisit Lorenzo. Mais l'intervention de sa femme parut pour la première fois ennuyer Colli qui dit, d'une voix irritée :

« Et quelles sont ces bonnes raisons, je te prie ?

— Celles qu'il a fournies tout à l'heure, répondit Ada, saisissant de toute évidence un prétexte.

— A savoir ? »

Il était clair que la métaphore avancée habilement et non sans fondement par Lorenzo embarrassait Ada, aveuglée par la jalousie :

« Il les a dites, non ? Toi, au Gabon, tu as des affaires. Alors, il ne veut plus écrire d'articles sur le Gabon. »

Colli se mit soudain en colère.

« Qu'en sais-tu, toi, de ce que fera Lorenzo ou de ce qu'il ne fera pas ? Nora le connaît mieux que toi, il me semble ! »

« Oui, pensa Lorenzo, elle me connaît mieux qu'Ada et elle affirme que je fermerai les yeux sur votre relation. »

Ada insista avec obstination :

« En ce moment, je connais mieux Lorenzo que ne le connaît Nora.

— Ah oui ? Et si je te disais que tu ne

comprends rien à ces choses et que tu es une emmerdeuse qui veut gâcher la soirée du Nouvel An, est-ce que tu me donnerais encore tort ? »

Lorenzo imagina, en l'espérant presque, qu'Ada crierait alors la vérité :

« Il ne veut pas écrire d'articles parce que tu fais la cour à sa femme. »

Mais il ne se rendait pas compte que son rapport avec Colli ne permettait pas à Ada d'outrepasser les limites d'une jalousie au fond soumise et impuissante. Ada, très pâle, hésita, puis protesta d'une voix tremblante :

« Flavio, tu n'as pas le droit de me traiter ainsi. »

Lorenzo eut la sensation qu'à partir de cet instant Colli avait déjà remporté la bataille contre sa femme. Mais il avait gagné avec peine et cette peine faisait durer sa colère :

« Comment veux-tu que je te traite ? Nous sommes ici pour fêter le Nouvel An et tu fourres ton nez dans des choses qui ne te concernent pas et auxquelles tu ne comprends rien. Est-ce que tu ne te rends pas compte au moins que tu es importune ? »

« Va-t'en ! pensa Lorenzo, en se donnant presque l'illusion qu'il parlait à Ada. Va-t'en. Montre que tu es une femme forte et décidée, va-t'en ! » Mais il vit Ada faire un pas en avant, saisir la main de son mari et la porter à ses lèvres.

« Allons, ne te mets pas en colère. Tu as raison. C'est comme si je n'avais rien dit. »

Là-dessus, elle baissa la tête et baisa avec ferveur la main de son mari qui la retira grossièrement.

« Allez, allez ! Finissons-en. »

Puis, comme se ressaisissant, il s'écria :

« Et moi, non seulement je suis convaincu que Lorenzo écrira ses articles, mais je connais même le sujet du premier. »

Lorenzo ne put s'empêcher d'intervenir, presque intrigué par ce que Colli allait sortir :

« Quel est donc ce sujet, s'il vous plaît ?

— Un Nouvel An en Afrique, annonça Colli, triomphant. Ce Nouvel An, ici, que nous allons célébrer.

— Mais ce sera un Nouvel An comme les autres, rétorqua ironiquement Lorenzo. A moins qu'on ne veuille considérer comme une originalité de manger dans un restaurant désert, sans cuisine et sans service, dans des assiettes en plastique et avec des conserves achetées dans un supermarché. »

Nora se manifesta brusquement. Elle s'assit près de Lorenzo, lui entoura les épaules de son bras et se serra contre lui :

« Je ne comprends rien à tout cela. Pour moi, il faut que tu fasses ce que tu veux. Si tu n'as pas envie d'écrire d'articles, n'en écris pas. Nous prenons de belles vacances en Afrique et nous rentrerons en Italie. Là-bas, tu en écriras d'autres. Colli se moque bien que tu écrives des articles ou non. Lui aussi, il est ici pour prendre des vacances : n'est-ce pas, Colli ? »

Lorenzo se sentit pris au piège. En réalité, réfléchit-il tout en filant la métaphore, Nora lui disait : « Que tu écrives des articles ou non, on s'en moque. Ce qui compte pour nous, c'est de rester ensemble, de faire l'amour. » Mais il se

105

rappela que l'amour, tout à l'heure, c'est avec lui que Nora l'avait fait et il demanda avec une soudaine tristesse :

« Alors tu te moques que je fasse ou non mes articles ? »

Nora dut remarquer le changement de ton, devenu à la fois tendre et mélancolique, car elle protesta avec une certaine sincérité :

« Moi, ça me ferait plaisir que tu les écrives, mais si tu n'en as pas envie...

— Ça te ferait plaisir ?

— Oui, ça me ferait plaisir.

— Peut-être as-tu raison, concéda-t-il. Je suis un incurable graphomane. Et je finirai donc par les écrire, ces maudits articles.

— Hourra, bravo, Nora ! s'écria Colli en profitant sans pudeur de la nouvelle situation. Serrez-moi la main, Lorenzo. On est redevenu amis et on n'en reparle plus. »

Il tendit la main à Lorenzo et, comme poussé par un irrésistible élan, il jeta ses bras à son cou. Ils se donnèrent l'accolade. Ils s'assirent ensuite tous quatre, Lorenzo et Nora d'un côté et Colli et Ada de l'autre. Sur la table étaient disposées en ordre parfait les assiettes en plastique avec la nourriture en conserve achetée au supermarché. Même les fruits étaient en boîte. Jusqu'à la bûche de Noël, enveloppée dans de la Cellophane. En revanche, il y avait quatre bouteilles de vin rouge d'excellent cru, et, dans la chambre de Colli, au fond du freezer, les attendait une bouteille de champagne.

Ils mangèrent sans hâte, en bavardant, car ils avaient encore beaucoup de temps jusqu'à minuit. Ou plutôt, Colli, surtout, bavardait, les trois autres avaient chacun une bonne raison de se taire. Du reste, Colli ne semblait pas chercher un interlocuteur. Il mangeait avec appétit et, tout en mangeant, comme si en lui la parole avait voulu rivaliser avec la nourriture, il parlait avec faconde. De quoi parlait-il ? C'était une espèce de monologue, un peu semblable, pensa Lorenzo, à la bande sonore de certains films, dans laquelle se succèdent les musiciens les plus différents. Un sujet suivait l'autre sans solution de continuité, selon de vagues associations, par pur défoulement de la satisfaction que lui avait procurée son succès au cours de leur bref affrontement. Encore une fois le succès, fût-il de modestes proportions et à titre privé ! L'un après l'autre, défilaient le Gabon, l'Italie, les problèmes du tiers monde, les Français, les Africains, le colonialisme, la forêt, les mines, l'écologie, et ainsi de suite.

Tout à coup, à la fin, juste au moment où Colli abordait le thème de l'écologie, invitant Lorenzo à faire une visite au chantier de la route que son entreprise était en train de tracer, afin d'observer comment ses bulldozers détruisaient sans pitié la forêt millénaire, et il l'incitait à écrire un article en faveur des arbres et contre lui, prouvant ainsi que le journal et sa personne étaient indépendants, brusquement, comme chacun était peut-être distrait par cette espèce de défi que Colli lançait à Lorenzo, et pas seulement pour plaisanter, l'année se termina. Lorenzo disait avec un sourire ironique :

« L'écologie, cher Colli, est le grand alibi pour justifier le silence sur tant de questions tellement plus importantes », quand il fut interrompu par Nora qui cria :

« Mais vous savez qu'on a oublié l'année nouvelle. L'année est terminée et on ne s'en est pas aperçus ! Il est minuit sept. »

Il y eut un moment de désemparement. Puis Colli lança avec impétuosité :

« Tant mieux. On va fêter une année très spéciale, privée, notre année à nous : qu'en dites-vous ? »

De façon inattendue, Ada applaudit :

« Bravo, Flavio. Célébrons notre année, rien que la nôtre. Je vais même faire une proposition.

— Laquelle ?

— D'habitude, on boit à la santé des autres, quand ce n'est pas à celle de l'humanité. Je propose qu'en fait chacun de nous boive à sa propre santé. En précisant son toast, bien entendu. »

Tout le monde approuva cette proposition vraiment originale.

« Un toast égoïste ? s'étonna Colli. Pourquoi pas ? Ne sommes-nous pas tous autant que nous sommes des égoïstes ? Bonne idée. Oui, moi, je suis d'accord.

— Je commencerai si ça ne vous dérange pas, répondit Ada. Ce ne sera pas un toast à proprement parler, mais l'histoire abrégée, très abrégée de ma vie. Ou plutôt, l'histoire de la chose la plus importante de ma vie : mon rapport avec mon mari. »

Elle se tut. Lorenzo la regarda avec moins de stupeur que d'incrédulité, pourrait-on dire. Etait-ce donc là la femme qui, sur la terrasse du

108

supermarché, s'était offerte à lui, pour reprendre ses propres termes, « comme une salope » et, plus tard, dans l'ascenseur, avait renouvelé son offre ? Ada poursuivit :

« J'étais étudiante et Flavio mon professeur : il enseignait l'économie à Florence. Nous nous fréquentions. Nous sommes devenus amants, il a abandonné l'enseignement et nous nous sommes mariés. Puis je suis restée une femme au foyer, comme on dit, et lui, de son côté, le plus jeune entrepreneur d'Italie. Dès lors tout se passait comme ça : je demeurais à la maison, immobile, à m'occuper exclusivement de lui, pendant qu'il s'activait et progressait. Moi, je ne changeais pas, toujours la même femme au foyer, tandis qu'il touchait à mille choses diverses. Mais pour les autres, pas pour moi. Et ça, il le savait, disons, par instinct, et peut-être sans s'en rendre compte : même s'il allait loin, s'il se dispersait, s'il avait du succès, il y avait toujours un moment où il me revenait. Qu'est-ce que j'entends par là ? Puisqu'il s'agit d'un toast que nous levons à nous-mêmes, je souhaite que l'année nouvelle se passe de la même manière. Je souhaite continuer à être une femme au foyer avec un mari qui part au loin mais qui, d'aussi loin que ce soit, revient imman-quablement. »

Ada se tut et Nora, peut-être déjà un peu ivre, s'écria :

« Ada, aucune femme ne dirait d'elle-même qu'elle est une femme au foyer. Bravo ! »

Et, se levant soudain, elle alla serrer Ada contre elle. Colli se leva à son tour, son verre à la main.

« Je me souhaite, à moi-même, de passer une autre année pareille à celle qui se termine. Ç'a été une bonne année, sous tous rapports. Pourquoi ne pas la répéter ? »

Il rit et ajouta :

« Je dis bien à moi-même et rien qu'à moi-même. »

Et il vida son verre d'un trait.

Nora se leva et déclara avec l'impétuosité propre à l'ivresse :

« Je me souhaite à moi-même... à moi-même... eh bien, je ne sais pas trop.

— Allons, s'exclama Colli, tu n'as pas de souhait ?

— J'en ai beaucoup, répondit Nora, mais aucun ne me vient à l'esprit en ce moment.

— Courage, prends-en un au hasard.

— Eh bien, je me souhaite de faire une promenade au bord de la mer. J'ai un peu trop bu et j'ai les idées embrouillées. »

C'était au tour de Lorenzo. Il avait son souhait en tête : ne plus être jaloux. Mais il se rendait compte qu'il ne pouvait le dévoiler, il se replia donc sur une formule allusive :

« Chacun de nous a quelque chose qui l'occupe complètement, une pensée prédominante. Colli, par exemple, a ses affaires. Eh bien, je me souhaite de changer de pensée prédominante.

— Et quelle est cette pensée prédominante ? demanda Ada en insistant lourdement.

— Je vais vous la dire, moi ! intervint Nora. Ce sont ses articles, le journal. »

Lorenzo, pensant qu'une fois de plus la méta-

phore de son métier marchait, approuva ironiquement :

« C'est ça, exactement, le journal.

— Alors, Colli, s'exclama soudain Nora, on va
faire cette petite promenade pour nous éclaircir
les idées ? »

Colli se leva, aussitôt prêt.

« Allons-y. »

Ils s'éloignèrent tous deux, disparurent dans le
noir, entre les troncs des arbres échoués. Très
pâle, Ada dévisagea longuement Lorenzo, puis
lui dit, en lui tendant une main par-dessus la
table :

« Veux-tu que, nous aussi, nous allions nous
promener au bord de la mer ? »

Lorenzo ne répondit pas, secoua la tête. Elle
insista :

« Mais tu m'aimes tout de même ? »

Bondissant comme un ressort, Lorenzo se leva
brusquement, contourna la table et se dirigea en
hâte vers la porte d'entrée de l'hôtel.

CHAPITRE 6

Deux jours plus tard, ils partirent pour Mayumba, la ville balnéaire définie par l'employée de l'agence de voyages comme la plus belle du Gabon.

A l'aéroport, contre toute prévision, ils trouvèrent une grande foule qui, toutefois, comme les en informa Colli, était composée essentiellement de parents et d'amis accompagnant quelques rares voyageurs véritables. Il y régnait donc plutôt l'atmosphère d'un foyer d'opéra que de salle d'attente d'aéroport, notamment à cause des vêtements pimpants que portaient les hommes et les femmes et qu'ils exhibaient, aurait-on dit, en faisant les cent pas et en s'assemblant en groupes serrés. Les hommes, comme le nota Nora, semblaient à peine sortis du lit avec leurs pyjamas amples dont les plis voletaient, en cotonnades légères aux dessins bizarres et bariolés ; les femmes, elles, paraissaient revêtir des robes de soirée taillées dans les mêmes étoffes pittoresques. Les hommes étaient coiffés d'une toque ou d'un bonnet dans les mêmes couleurs éclatantes ; les femmes d'un turban enroulé en hauteur, en forme de chou-fleur. Personne dans cette foule ne semblait attendre un départ, mais tous avaient l'air de participer à une fête. Colli déclara :

« Ils prennent l'aéroport pour un salon. Vous verrez qu'au moment du départ la plupart d'entre eux resteront à terre et quelques rares passagers partiront. »

C'est en effet ce qui se produisit. Après de nombreux appels incompréhensibles des haut-parleurs, il y eut l'annonce du départ, tout aussi incompréhensible. On ne vit plus alors, dans le vaste hall, qu'accolades, mains serrées, adieux. Ensuite, en file indienne, les voyageurs sortirent de l'aérogare et se précipitèrent par petits groupes à travers la piste, vers l'unique avion arrêté à la limite de l'aéroport, se détachant du fond sombre et mélancolique de la forêt.

Dans l'avion, ils prirent place dans l'ordre suivant : Colli et Lorenzo sur deux sièges voisins, et Nora et Ada côte à côte. Maintenant certain que Lorenzo écrirait des articles, Colli lui avait dit :

« Venez ici, je connais le Gabon, je pourrai peut-être vous être utile en vous fournissant quelques informations.

— Ne soyez pas si sûr que ça, répondit Lorenzo, que je ferai finalement mon reportage. »

Colli le prit sur le mode de l'humour.

« Allons donc, vous avez eu un moment de mauvaise humeur : ça arrive à tout le monde. Et puis, au fond, les choses qu'on ne voulait pas faire finissent par être plus réussies que celles qu'on voulait faire. En attendant, ouvrez bien les yeux : on va bientôt survoler une des plus grandes forêts d'Afrique. »

L'avion s'ébranla d'abord lentement et comme en hésitant, puis avec plus de détermination, en prenant de la vitesse, et soudain il se détacha du sol, montant droit vers le ciel et volant presque en diagonale. Des lambeaux de nuages filaient le long des hublots, apparaissant et disparaissant rapidement. Le vrombissement retentissant du départ se transforma vite en un ronflement puissant et régulier. C'est alors que la forêt fit son apparition.

Du ciel, l'étendue végétale semblait plus variée que vue du sol. Ce n'était plus la muraille mélancolique, d'un vert sombre et opaque, qui servait de fond à l'avion scintillant sur la piste de l'aéroport, mais une espèce de mosaïque capricieuse et irrégulière de différents bouquets d'arbres, chacun avec un feuillage différent. Les couleurs ne se présentaient pas par taches intermittentes ou mouchetures confuses, mais par larges plaques homogènes comme sur une couverture en patchwork. Il y avait des plaques rouges, des plaques rouille, des plaques d'un vert très clair, des plaques d'un vert sombre, des plaques violettes et des plaques presque noires. Quelques-unes de ces plaques étaient très grandes, d'autres petites, selon la quantité d'arbres qui les formaient. De temps en temps, cette mosaïque de feuillage s'ouvrait, et alors, entre deux rives rouge sang, apparaissait la plaie bleue d'un fleuve. Ou encore la forêt entourait de larges clairières nues d'un vert brillant avec des buissons disposés en ordre, comme dans un jardin à

115

l'anglaise. Colli, à propos de ces espaces nus entourés de forêt, avertit Lorenzo :

« Vous voyez ces trouées. On dirait un parc. En fait, elles sont inaccessibles. Tomber sur un de ces terre-pleins signifierait une mort assurée. Pour y arriver ou s'en échapper, il faudrait tracer exprès une piste à travers la forêt. »

Lorenzo était agacé par cette suite continue d'informations et de commentaires. Colli ne le laisserait-il pas tranquille ? Pour Lorenzo, Colli était attaché à une seule image, ineffaçable : celle de son visage observé dans le miroir du restaurant de Rome, en train de cligner de l'œil effrontément à Nora. Il n'était pas sûr que Nora et Colli fussent amants, mais, de toute façon, ce clin d'œil qui impliquait une entente avec Nora et un mépris à son égard déterminait son rapport avec Colli. S'il analysait cette impossibilité d'oublier la déformation caractéristique et significative que le clin d'œil avait apportée au visage de Colli, il comprenait que ce n'était pas dû à son regret tardif d'avoir présenté Nora à Colli par une irrésistible vanité de mari amoureux. Il y a des hommes à succès à qui mieux vaut ne pas présenter sa femme. Mais il l'avait fait avec pour résultat ce clin d'œil au restaurant de Rome.

L'idée que son rapport avec Colli soit entièrement concentré sur cet unique épisode vulgaire et limité ne lui était pas moins insupportable que le souvenir même du clin d'œil. C'était l'effet de sa jalousie dévorante, irrationnelle, avilissante, cette jalousie qu'Ada voulait prendre pour une marque d'amour, bien qu'elle en fût elle-même victime et sût qu'il ne s'agissait pas d'amour. Cette jalousie, pensa-t-il encore, qu'il avait souhaité ne plus jamais éprouver lorsqu'il avait porté un toast à l'année nouvelle. Il aurait eu mille excellentes raisons de trouver Colli antipathique. Pourquoi se concentrer uniquement sur la vulgarité du clin d'œil au restaurant de Rome ? Par exemple, Colli était le « boss » dans le sens proverbial, incontournable du terme. Pourquoi ne pas s'en prendre à ce personnage symbolique et ne pas oublier le dragueur de Nora, éhonté, insultant ?

La réponse, pensa Lorenzo, il l'avait déjà trouvée, quand il avait essayé de définir ce qu'était un homme à succès du genre de Colli. Pour ce type d'hommes, le succès auprès de Nora et le succès dans la construction de la route du Gabon étaient une seule et même chose. Bref, le clin d'œil lancé à Nora équivalait à quelques kilomètres de route arrachés à la forêt équatoriale. Colli était surtout un dragueur, et avant tout parce que c'était le patron et qu'il était vain de vouloir séparer les deux choses.

Mais la lucidité de ces réflexions ne consolait Lorenzo qu'en partie. Peut-être, se dit-il, être lucide dans la jalousie était une manière comme une autre de ne pas être jaloux. Et en tout cas, être lucide, c'est-à-dire analyser, approfondir, comprendre, était sa seule supériorité véritable sur Colli. Une supériorité peut-être frustrante, mais — comme il se le dit en ayant soudain recours à une référence culturelle — n'était-ce pas, selon Pascal, l'unique supériorité du « roseau pensant » qu'était l'homme ?

117

Encouragé par cette réflexion, il voulut manifester de l'intérêt pour les informations constantes que lui prodiguait Colli :

« Mais dans la forêt personne ne vit ? demanda-t-il en lançant un regard de biais vers l'étendue tumultueuse et variée des feuillages, sous l'avion.

— Les Pygmées, dit Colli, ravi de faire montre de ses connaissances. Rien que les Pygmées. Partout où il y a de la forêt, il est aisé de conclure qu'il y a également des Pygmées. Ce sont eux qui, à défaut de bulldozers, coupent les troncs des grands arbres précieux. Ce sont eux qui rassemblent les troncs en trains d'arbres flottants sur les fleuves et les accompagnent jusqu'à l'océan.

— Mais, Colli, en avez-vous vu, vous, des Pygmées ?

— Oui, très souvent. Il y en a ici, au Gabon, mais aussi au Zaïre, au Cameroun. »

Lorenzo, précisément parce qu'il n'éprouvait pas le moindre intérêt pour les informations de Colli, toutes connues et prévisibles, voulut pousser son compagnon de voyage à quelques confidences.

« Mais, Colli, qu'éprouvez-vous quand vous voyez des Pygmées, si primitifs, si différents de nous ? »

A sa grande surprise, Colli, après un moment de réflexion, répondit :

« Ça va vous paraître étrange, mais je les envie.

— Vous les enviez ?

— Oui, affirma Colli, toujours loquace, mais avec une note de sincérité. Oui, j'éprouve une sorte d'envie. Et je vais vous dire pourquoi.

Savez-vous que les Pygmées ne fabriquent pas de cabanes comme les Bantous dont ils dépendent et avec lesquels ils vivent ? Ils font simplement un trou pas très profond et ils s'y recroquevillent en le recouvrant de branchages et de feuilles. Un jour, après avoir marché je ne sais combien de temps dans la forêt, nous avons découvert dans une clairière un village de Pygmées, c'est-à-dire un groupe de fosses. Alors, par curiosité, nous avons relevé le couvercle de feuillages d'une de ces cavités et nous avons vu toute une famille, père, mère et fils, tous enlacés ou plutôt enroulés les uns dans les autres, exactement comme des animaux dans une tanière. Je me suis alors rappelé que, lorsque j'étais petit, ma mère m'embrassait un peu à la manière de ces mères pygmées, en m'enveloppant, si l'on veut, avec son corps, et, c'est la stricte vérité, j'ai envié les Pygmées qui s'embrassaient de cette façon, même à l'âge adulte. Bref, j'ai eu la nostalgie de mon enfance, lorsque entre le monde et nous se dresse la protection de notre mère. Ensuite on grandit et on n'a plus de protection. »

C'étaient des phrases curieuses dans la bouche de Colli. Mais Lorenzo se souvint du toast d'Ada à elle-même, où elle s'était vantée d'être une « femme au foyer », vers qui Colli, malgré ses succès, finissait toujours par revenir, et il se demanda si Ada, par hasard, ne se cachait pas dans la figure de la mère Pygmée, « enroulée » autour de ses enfants. Oui, la « femme au foyer », précisément, à laquelle Colli revenait immanquablement et devant laquelle il s'agenouillait,

119

en la serrant entre ses bras et en enfonçant son visage contre son ventre ?

Maintenant, de façon imprévue, car une demi-heure à peine s'était écoulée depuis son décollage, l'avion, tressautant et tremblant sur toute sa carlingue, commençait sa descente sur la forêt.

« On est déjà arrivé ? s'étonna Lorenzo.

— Loin de là. Il y a encore un bon bout de chemin jusqu'à Mayumba. C'est peut-être une escale. »

L'avion vibrait en penchant entièrement d'un côté et la forêt qui, au début de la descente, s'étendait horizontalement devant le hublot, maintenant barrait la vue, verticale et compacte, comme une muraille de feuillage. Puis la muraille tourna, se redressa, redevint horizontale. L'avion se mit alors à descendre franchement et rapidement, effleura la piste, rebondit plusieurs fois et, ensuite, se mit à rouler le long des arbres gigantesques. Là, devant l'avion, apparaissait un long et vaste terrain rectangulaire à l'herbe brûlée et jaunie, encerclé par la forêt sombre et immobile. Toutefois l'avion ne s'immobilisa pas, il continua sa course en vacillant, comme s'il cherchait quelque chose. Il cherchait de l'ombre et, en effet, dès qu'il en eut trouvé sous les branches d'un arbre colossal, il s'arrêta. Lorenzo regarda au-dehors, il ne voyait rien de particulier ni personne : rien que quelques poules qui, elles aussi désireuses d'un peu d'ombre, becquetaient dans l'herbe.

Pendant un moment, il y eut un profond silence : les passagers se taisaient et examinaient le terrain. Puis, la petite porte de la cabine s'ouvrit et le pilote en personne, un homme jeune et massif, blond, les manches de sa chemise kaki retroussées sur ses bras musclés, s'avança et annonça d'une voix indifférente qu'à cause d'un petit ennui technique l'avion avait dû procéder à un atterrissage imprévu. Il se tut un instant, puis déclara que des mécaniciens arriveraient au plus vite de Libreville. Un des passagers demanda quand l'avion repartirait.

« Ça dépendra de l'heure à laquelle les mécaniciens arriveront. Aujourd'hui ou demain », lui fut-il répondu.

L'hôtesse ouvrit la portière, fit baisser l'escalier, le pilote fut le premier à descendre, tous les passagers se levèrent de leurs sièges.

« Et maintenant, que fait-on ? demanda Colli, en se dirigeant lui aussi avec les autres vers la sortie.

— Il doit bien y avoir un hôtel, non ? » demanda Nora.

Quand ils furent tous sur la terre ferme, ils constatèrent qu'il n'y avait pas la moindre trace de bâtiment autour du terrain. Les passagers se dirigeaient par petits groupes vers la forêt et y disparaissaient peu à peu. Tout à coup, comme surgi du sous-sol, un Africain vêtu de noir, à la carnation particulièrement sombre, et avec des lunettes de soleil, se présenta à Colli : c'était le gardien d'une *rest-house* assez proche, où, s'ils le désiraient, ils pourraient passer la nuit.

« Mais qui viendra nous avertir du départ de l'avion ? » s'inquiéta Colli.

L'homme noir le rassura : il viendrait le faire

121

lui-même. Après quelques autres répliques échangées, ils décidèrent d'accepter cette offre. Lorsque Colli objecta :

« Ça va être plein de cafards. Mais ça vaut toujours mieux que d'attraper un coup de soleil sur ce terrain. »

Ils se mirent donc en branle, en file indienne, derrière le gardien de la *rest-house*. Lorenzo se demanda où ils allaient : la forêt apparaissait impénétrable, sans trace visible de passage possible. Mais dès qu'ils l'eurent atteinte, ils découvrirent derrière un tronc d'arbre le début incertain d'un sentier qui, au bout de quelques pas, se transforma en chemin praticable. Pendant ce temps, entre l'homme noir et Colli se déroulait le dialogue suivant :

« Y a-t-il des lits dans la *rest-house* ?

— Il y en a et il n'y en a pas.

— C'est-à-dire ?

— Il y a des matelas, mais pas de lit.

— Je comprends. Et y a-t-il de quoi manger ?

— Oui et non.

— A savoir ?

— Il y a des conserves. Du moins, la dernière fois il y en avait.

— La nourriture en boîte conviendra parfaitement. Qu'entendez-vous par la dernière fois ?

— La dernière fois que sont passés les bûcherons.

— La *rest-house* est propre ?

— Oui et non.

— Ce qui veut dire qu'il y a des cafards ?

— Peut-être qu'il y en a et peut-être qu'il n'y en a pas. »

122

Colli, désormais rassuré et plus que jamais facétieux, dit en se tournant :

« Bref, c'est le tictac. Si je lui demandais : l'Afrique est là ? Il me répondrait : elle est là et elle n'est pas là. »

Ils marchaient à présent à travers la forêt, dans une ombre qui, de temps à autre, s'éclaircissait sous quelques rayons de soleil et tantôt sombrait dans les ténèbres. Le sol était propre, solide, presque lisse et toutefois, songeait Lorenzo, il inspirait un sentiment de répulsion et presque de danger. Du reste, tout dans la forêt faisait soupçonner la présence cachée de quelque animal insidieux : les lianes qui pendaient des arbres avec leurs ondulations indolentes semblaient simuler les spirales d'un serpent, dans certaines anfractuosités obscures il avait l'impression de découvrir la croupe brillante d'un buffle endormi. Au fond des dépressions marécageuses le scintillement des eaux stagnantes évoquait le dos rugueux du caïman.

Par moments, le sentier débouchait sur une fourche et se divisait. Colli fut alarmé :

« Si encore il y avait un panneau... Comment ferons-nous pour revenir ?

— C'est moi qui viendrai vous prendre.

— Ou alors il faudrait semer sur le chemin des petits bouts de papier comme dans le conte du Petit Poucet. »

Après deux autres fourches, le chemin aboutissait à une grande clairière ombragée jonchée de courtes souches et de fûts d'arbres coupés presque à la hauteur des racines. Devant ces souches adossées à la forêt, se dressait la *rest-house*, une maisonnette en matériau préfabriqué, avec un toit en tôle ondulée et une petite véranda soutenue par des piliers de briques. Colli résuma ainsi la situation :

> « Maisonnette, maisonnette,
> Si petite et mignonnette,
> Tu es un palais des Fêtes ! »

L'homme noir cependant avait ouvert la porte de la *rest-house*. Ils entrèrent, dans une ombre déserte traversée par des rayons poussiéreux de lumière, dans une odeur de moisi et de renfermé. Il apparut que la *rest-house* était composée de deux petites pièces, d'une salle de bains et d'une cuisine. Colli, plus que jamais sentencieux, dit en regardant autour de lui :

« Contentement passe richesse et pas de plaisir sans peine.

— Oh, toi et tes proverbes ! » protesta Ada.

Des exclamations de surprise joyeuse saluèrent l'ouverture du réfrigérateur dans la cuisine : il se révéla plein de conserves de toute sorte. Mais se produisit la déception qui était par ailleurs tout à fait prévisible et inévitable : des lits, il n'y en avait pas du tout, il n'y avait que deux matelas enroulés et verticaux dans un coin de ce qui aurait dû être la chambre à coucher. Dans l'autre pièce, un divan en loques et un fauteuil à moitié défoncé suggéraient l'idée de salon. Partout, régnaient désordre et saleté ; le sol poussiéreux confirmait les doutes du gardien à propos de la présence de cafards : on en voyait pas mal qui, effrayés par la lumière, couraient se réfugier dans les coins. Dans la cuisine, des piles d'assiettes sales rescapées d'on ne sait quel lointain festin. La salle de bains s'avéra complètement inutilisable. Colli résuma, une fois encore, la situation par ces mots :

« Pour dormir, nous aurons les deux matelas, le divan et le fauteuil, pour manger les conserves, pour tout le reste, la forêt. »

Il resta un moment muet, puis ajouta :

« Nora et Ada pourraient mettre un peu d'ordre. En attendant, nous pouvons nous asseoir sur la véranda et, pourquoi pas, boire quelque chose. »

Lorenzo enchaîna aussitôt avec une politesse compassée :

« Prenons-nous de la bière ? Je vais en chercher tout de suite.

— Merci, merci. »

Colli s'assit sur la véranda et Lorenzo entra dans la maisonnette pour se diriger vers la cuisine. Nora, toute seule, se tenait face au lavabo où elle faisait la vaisselle.

« Viens donc dehors, lui dit Lorenzo. Ne me laisse pas seul avec Colli.

— Pourquoi ne veux-tu pas rester seul avec lui ? Il sait tant de choses sur le Gabon. »

Nora était gaie, penchée sur l'évier. Elle portait un gilet court et un pantalon à taille basse qui découvraient à nu ses reins et son ventre, les premiers maigres et osseux, le second plat et mince. Tout en nettoyant les assiettes, elle regardait Lorenzo de côté, de son œil bleu. Il dit, de mauvaise humeur :

« Précisément, tout ce qu'il raconte sur le Gabon m'assomme ! »

Il la vit le dévisager longuement, comme traversée par une idée soudaine :

« Sais-tu ce que nous pourrions faire cette nuit ? Dès qu'il se fera un peu tard et que les autres seront endormis, tu viendras me rejoindre. »

C'était une proposition au fond déplacée et absurde. Mais Lorenzo éprouva tout de même un sentiment de légèreté et de gaieté. Il demanda :

« Mais de quelle façon ?

— Je m'étendrai sur le matelas, près de la porte de la chambre. Toi, tu dormiras sur le fauteuil. Tu n'auras qu'à ouvrir la porte et tu me trouveras.

— Que veux-tu ? demanda Lorenzo en souriant presque malgré lui. Une aventure ? Et si je me trompe de matelas et qu'à ta place je tombe sur Ada ?

— Elle sera heureuse, non ? Tu le feras avec elle. »

Lorenzo s'approcha, entoura la taille de sa femme d'un bras et lui murmura :

« Pourquoi le soir du réveillon es-tu restée si longtemps avec Colli ? Sais-tu à quelle heure tu es rentrée ? A deux heures.

— Nous avons bavardé. Il aime parler, et moi écouter.

— Je ne sais pas si je viendrai cette nuit.

— Moi, je t'attends. »

Lorenzo se pencha pour l'embrasser sur la joue, il posa les deux bouteilles de bière et les verres sur un plateau et sortit de la cuisine. Colli l'attendait sur la véranda, tranquillement, un cigare aux lèvres, regardant la nuée noire de

126

moucherons qui maintenant, avec la tombée de la nuit, tourbillonnait sans cesse autour de la lampe à pétrole.

Colli attendit que Lorenzo s'assît, il se servit une bière et interrogea à brûle-pourpoint :

« A propos, Lorenzo, combien gagnez-vous au journal ? »

Sans trop réfléchir, Lorenzo répondit :

« Je vous le révélerai si vous m'apprenez à combien s'élèvent vos revenus. »

Colli perdit son expression enjouée.

« Elle est bien bonne, pourquoi voudriez-vous le savoir ?

— Pourquoi voulez-vous connaître les miens ?

— Je déclare mes revenus. Vous pouvez le savoir quand vous le voulez : ils ont été publiés dans les journaux.

— Vous avez toujours le mot pour rire, dit Lorenzo. Moi, je ne gagne pas assez pour qu'on en parle dans les journaux. Mais vous pourrez l'apprendre quand vous voudrez, avec un simple coup de fil au journal dont vous êtes le copropriétaire. »

Colli retourna son cigare, en contempla la pointe incandescente et poursuivit :

« Ne me prenez pas pour un percepteur. Vous êtes un brillant journaliste, je voulais simplement savoir combien gagnait un professionnel comme vous.

— Dans quel but ?

— Nous revoilà à la case départ. Disons, dans un but amical. Vous ne me croirez pas, mais j'ai conçu une sorte d'affection pour vous depuis que nous sommes ensemble. Disons une affection paternelle.

— Paternelle ?

— Hé oui, je pourrais être votre père au fond. Quel âge avez-vous ?

— Trente-trois ans.

— Et moi cinquante-quatre. Mais ce n'est pas l'âge qui compte, c'est le sentiment. Je vous ai demandé combien vous gagniez, comme un brave papa peut le demander à son fiston : pour savoir comment il s'en sort, éventuellement pour l'épauler. »

Lorenzo était à présent au comble d'un double agacement : agacement envers le paternalisme douteux de Colli et agacement de se sentir agacé. Il rétorqua, d'un air assombri :

« M'épauler ? Mais que dites-vous ? »

Et il pensait en même temps : « Maintenant s'il répond qu'il peut m'épauler en faisant augmenter mes honoraires, je l'étrangle ! »

Colli le considérait avec bienveillance et précisa tranquillement :

« Le soir du réveillon, vous ne vouliez plus écrire d'articles. Puis vous avez accepté d'en écrire pour honorer vos engagements envers le journal. Eh bien, ma manière de vous épauler est de vous dire que je vous ai compris quand vous aviez décidé de renoncer au reportage, tout comme je vous ai compris quand vous avez changé d'avis et que vous avez déclaré que vous le feriez. C'est une façon, au fond, entièrement morale de vous épauler, ni plus ni moins. »

Ainsi, au dernier moment, Colli se dérobait à

128

son soupçon, pensa Lorenzo, il ramenait tout sur le plan moral. Il demanda agressivement :

« Peut-on savoir ce que vous avez compris dans le premier cas et dans le second ?

— J'avais compris que vous ne voyiez pas en moi l'ami, mais le patron. Et tout de suite après, j'ai compris et j'ai cru comprendre que vous ne voyiez pas en moi le patron, mais l'ami. »

Colli se tut un moment, comme pour souligner l'importance de ces paroles, puis il reprit :

« Vous voyez, Lorenzo, vous en aviez fait une question de dignité professionnelle. Maintenant, vous savez comment on l'appelle, la dignité professionnelle : l'image. Et que croyez-vous que soit l'image ?

— Dites-le-moi donc, répliqua Lorenzo.

— C'est un produit. Et ce produit est plus important que celui qui le produit. Mais il y a diverses images, les grandes et les petites, l'une dans l'autre, pour ainsi dire, comme les poupées russes appelées des Matriotchka. Dans votre cas, votre image se trouve dans une image plus grande, celle du journal. Et en acceptant de faire le reportage, vous le confirmez.

— Pourquoi ?

— Je vous en ai déjà dit la raison le soir du réveillon : les journaux doivent être ou du moins paraître indépendants. Et comme je vous l'ai également suggéré ce soir-là, par un article critique, mettons sur le déboisement que nous sommes obligés de pratiquer au Gabon pour tracer la route, vous confirmeriez l'image du journal. »

Lorenzo réfléchit : en réalité, Colli était si sûr

de son succès continuel qu'il pouvait se permettre d'accepter la critique, même de l'encourager. Il dit avec douceur et sincérité :

« A vrai dire, j'ai changé d'avis surtout pour faire plaisir à Nora. Car cela impliquait d'interrompre notre voyage et de gâcher ses vacances. »

Il pensa aussitôt : « C'est là le ton qu'il faut. Doux, décontracté, intime. Plus je suis en colère, plus je manifeste ma jalousie. »

Mais Colli tenait à développer sa pensée et ne prit pas cette réponse en considération :

« J'en reviens à ce qui m'a poussé à vous demander, à l'instant, combien vous gagniez. Je vous ai posé cette question pour savoir comment vous vous perceviez vous-même, pour savoir si c'était à l'intérieur ou à l'extérieur du système. Par système, j'entends non seulement ce que je représente, mais le journal, le Gabon, l'Italie, tout. Et j'ai compris que, peut-être à cause de la modestie de vos honoraires, vous vous jugiez en dehors du système. Vous vous dites : " Je gagne peu, je suis donc hors du système et par conséquent le système est mauvais. " En fait, vous devriez penser : " Le système est bon ou du moins est le meilleur possible, je veux en faire de plus en plus partie, parce que je suis certain que j'irai de mieux en mieux. Et du système nous n'attendons rien de mieux que de pouvoir l'aider. " »

Lorenzo pensa : « Il a donc bien fini par me dire qu'il pourrait augmenter mes honoraires. Ça ne me vexe pas. Que m'arrive-t-il ? » Mais il n'eut pas le temps de répondre, car Colli, qui semblait à présent regarder derrière lui, comme à travers lui, s'exclama brusquement :

« Regardez, regardez, là, derrière vous. »

Lorenzo se retourna. Colli ajouta à voix basse :

« D'après vous, qu'est-ce que ça peut être ? »

Derrière les taillis de la clairière, pareils à autant de pieuvres assemblées, Lorenzo découvrit alors, en suspension dans l'air, à travers les ténèbres de la forêt, deux petites lumières phosphorescentes, circulaires. C'étaient certainement deux yeux, mais ils avaient la propriété singulière de resplendir et en même temps de ne pas regarder. Colli demanda à mi-voix, sur un ton de complicité aventureuse :

« Et maintenant, que fait-on ? »

Lorenzo pensa tout à coup : « Les yeux de Nora. » Presque au même moment, les yeux s'éteignirent et l'on entendit le bruissement du déplacement d'un corps massif dans le feuillage ténébreux.

« Vous avez vu ? poursuivit Colli. Que croyez-vous que c'était ? »

Lorenzo comprit que Colli ne voulait pas reprendre leur discussion et il haussa les épaules, en disant de mauvaise grâce :

« Un animal quelconque. Une gazelle, peut-être.

— Certainement pas une gazelle. C'étaient en tout cas les yeux d'un félin. Ils étaient plus hauts que les yeux d'une gazelle. Ils étaient presque à hauteur d'homme. Pour moi, c'étaient les yeux d'un gros félin juché sur un arbre.

— Mais quel félin ? »

— Un chat sauvage. Ou peut-être un léopard. »

Désormais, le ton de la conversation était
devenu très amical.

« Il y a des léopards au Gabon ? demanda
Lorenzo.

— Il y en a, affirma Colli en se servant une
bière. Et si les léopards réels ne suffisent pas, il y
en a aussi d'imaginaires.

— Imaginaires ?

— Oui, à ce qu'il paraît, expliqua Colli, sur le
ton plaisant et détaché d'un conteur, il y a des
individus dotés, à leur insu, de facultés magi-
ques, et auxquels est attribuée la capacité de se
transformer en animaux. Ce sont des personnes
quelconques et, comme je l'ai dit, ils ne sont pas
conscients de leur pouvoir. Sans le vouloir ni
le savoir, ils peuvent se transformer en buffles,
en antilopes, ou même, comme cela pourrait
avoir été le cas à l'instant, en léopards, et ainsi
de suite. A propos de buffles, du reste, la première fois où je suis venu au Gabon, on m'a
raconté une belle histoire. Dans un village, aux
environs de Franceville, après le crépuscule, un
buffle tue une femme qui se pressait de rentrer chez elle après son travail. Quelques jours
s'écoulent et voici qu'apparaît à nouveau le
buffle crépusculaire : il empale à coups de cornes
un vieux paysan. Deux jours encore, et cette fois
c'est une fillette qui est tuée. Le conseil du village
se réunit alors et on décide d'engager un chasseur
professionnel, un Blanc. Mais le buffle se débar-
rasse également du Blanc. Nouvelle réunion des
sages du village : ils décrètent alors qu'il ne

s'agit pas d'un véritable buffle, mais d'un homme-buffle, c'est-à-dire d'un homme qui, tous les jours, après le coucher, se transforme en buffle. Naturellement, les sages savent qui est l'homme-buffle : c'est Untel, paysan avec famille, adresse, nom, tout. Aussitôt dit, aussitôt fait, on envoie un commando en représailles à l'adresse de l'homme-buffle. On le trouve, il boit tranquillement une bière, devant sa cabane : " C'est toi, l'homme-buffle ? — Non, je ne suis pas l'homme-buffle. — Si, c'est toi, l'homme-buffle. Les sages du village l'affirment. — Très bien alors, si les sages le disent, c'est que c'est vrai. " Ils ne tardent pas à l'attraper, l'attacher, l'emmener au village, le condamner à quelques années de prison. Puis toute la communauté décide de transférer le village à quelques kilomètres de son emplacement. Ni vu ni connu.

— Ainsi, d'après vous, s'enquit Lorenzo, ces deux yeux que nous avons aperçus dans le noir étaient les yeux d'un homme-léopard ou, si ça se trouve, d'une femme-léopard ?

— D'après moi, non, évidemment. Mais un Gabonais dirait probablement oui. »

Ils entendirent alors une exclamation joyeuse.

« C'est prêt », cria Nora, en sortant de la maisonnette avec une soupière dans les mains.

Elle était suivie d'Ada qui portait, sur un plateau, les assiettes et les couverts. Nora, particulièrement excitée, posa la soupière sur la table et annonça :

« Nous avons préparé un repas international : spaghettis italiens, huile d'arachide française, thon espagnol, poivrons africains, olives grecques. Comme plat de résistance, il y aura de la viande anglaise en boîte et des sardines portugaises. A la place de pain, des galettes gabonaises.

— Dommage, ajouta Ada d'un air désolé, que les lits ne soient pas à la hauteur de la cuisine. Nous dormirons par terre au milieu des cafards.

— Allons, allons, trêve de lamentations ! Cela aurait pu être bien pire ! objecta Colli. Nous avons tout trouvé. Même la femme-léopard.

— Qu'est-ce que c'est, la femme-léopard ? »

Colli se servit de spaghettis, puis, en guise d'explications, raconta pour la deuxième fois l'histoire de l'homme-buffle. Quand il eut terminé, Lorenzo ne put s'empêcher de dire à sa femme :

« Ces deux yeux ressemblaient aux tiens. Dès que je les ai vus, j'ai pensé : Tiens, les yeux de Nora. »

Nora s'empara aussitôt railleusement de cette explication qui la ravit :

« Evidemment, c'est moi, la femme-léopard. Simplement, moi, je sais que j'en suis une, attention, Colli, je vais te dévorer ! »

Et, en riant, elle esquissa le geste de se précipiter, les doigts crochus, vers Colli. Ada murmura entre ses dents :

« Bon appétit. »

Ils poursuivirent ainsi leur dîner, en plaisantant, jusqu'à la décevante conclusion d'une boîte de fruits au sirop en guise de dessert. Ada et Nora, aussitôt après, débarrassèrent la table et rentrèrent dans la maisonnette pour ranger la cuisine et préparer les lits. Il était tard à présent

et tous les quatre, d'un commun accord, décidèrent de dormir. Comme prévu, Nora et Ada se
couchèrent sur les deux matelas, Colli s'allongea
sur le divan et Lorenzo s'installa dans le fauteuil.
Dès que la lampe à pétrole fut éteinte, l'obscurité
et le silence régnèrent.

CHAPITRE 7

Une fois dans le noir, sur le fauteuil qui lui servait de lit, Lorenzo se mit à penser à Nora. Il voulait reconstruire les débuts de leur relation, peut-être parce qu'elle s'était dégradée et qu'il avait besoin de se rappeler à quel moment précis ça avait commencé à aller mal entre eux. En d'autres termes, il désirait faire comme les voyageurs dans le désert, quand ils perdent la piste : ils reviennent sur leurs pas jusqu'au point de départ, pour voir ce qui a provoqué l'erreur infime d'observation qui plus tard devait les égarer.

Cela s'était produit ainsi : à l'université, il avait fait une conférence sur le métier de journaliste et, à la fin, avait présenté un recueil de ses articles de voyage. De la tribune sur laquelle se trouvait la chaire, il avait immédiatement remarqué une jeune fille au premier rang. On aurait dit un garçon à cause de ses cheveux blonds coupés très court, de façon à former une sorte de casque d'or autour de son visage aux traits émoussés, d'éphèbe, presque masculins. Puis, au cours de la conférence, il avait remarqué d'autres détails : les yeux de la fille au casque d'or étaient d'un bleu resplendissant, mais, ce qui était inquiétant, fixes et comme privés de regard. Ces yeux, outre la forme du visage étroit au niveau des tempes et large vers la mâchoire, lui donnaient un aspect que l'on pouvait aisément qualifier de félin. Oui, s'était dit Lorenzo, la fille assise au premier rang avait quelque chose du chat et même d'un félin plus gros, une panthère ou un léopard. A peine avait-il fait cette comparaison qu'il s'était aperçu presque avec crainte que maintenant, invinciblement, il ne parlait plus pour le public, mais pour la fille à la tête d'or. Il n'arrivait plus à détourner les yeux d'elle, chaque fois qu'il avait l'impression de prononcer quelque chose de particulièrement intelligent, c'était à elle qu'il croyait parler. Obscurément, il se rendait compte que cette façon de s'adresser à cette unique auditrice avait quelque chose d'intime et même d'indécent, mais en même temps il ne pouvait s'empêcher de céder à la tentation, en se donnant presque l'illusion que personne ne s'en apercevait.

La fille, elle, en tout cas, s'en était aperçue. Pendant un moment, il l'avait vue assise, convenablement, les jambes serrées, sa jupe courte tirée vers le bas, un paquet de livres sur les genoux ; tout à coup, l'instant d'après, le paquet de livres se retrouva sur le siège voisin, les genoux largement écartés, la jupe remontée vers le haut. De toute évidence, le but de cette exhibition avait été manqué : entre les maigres cuisses masculines, l'objet sexuel qu'elle entendait montrer n'était pas visible, mais elle était tout de même parvenue à lancer son message docile et troublant. Lorenzo lui avait demandé, par les inflexions de sa voix, par ses regards, par toute son attitude, de s'exhiber, et elle, dans la mesure du possible, l'avait satisfait.

Ils avaient poursuivi ainsi, lui continuant à parler pour elle et elle conservant obstinément les jambes ouvertes de cette manière spasmodique et presque douloureuse. Puis, la conférence s'était conclue et, pendant que la salle se vidait lentement, il avait vu la fille rejoindre un petit groupe d'étudiants qui se pressaient vers l'estrade pour obtenir une dédicace. Mais elle n'avait pas voulu s'avancer la première ; bien sûr, avait pensé Lorenzo avec joie, elle voulait être la dernière pour pouvoir lui parler en toute liberté. C'est ce qui s'était produit. Arrivée près de l'estrade, elle avait regardé Lorenzo droit dans les yeux, en lui tendant son livre sans un mot. A son tour, sans détacher les yeux des siens, il avait saisi l'ouvrage. Elle lui avait alors dit :

« J'ai écrit un article sur votre recueil. Pourrais-je vous le faire lire ? »

Lorenzo n'avait pu s'abstenir de lui demander :

« Ici, maintenant ?

— Non, un autre jour, où vous voudrez. »

Lorenzo avait répondu, avec à-propos :

« Je note mon numéro de téléphone sous la signature. Téléphonez-moi demain matin.

— A quelle heure ?

— Je serai chez moi toute la matinée. »

Plus tard, chez lui, il s'en était voulu du flou de sa réponse. Pourquoi avoir dit : toute la matinée, au lieu d'indiquer une heure précise ? Il avait donc dû attendre jusqu'à près de midi avec impatience et angoisse. Finalement, le téléphone avait sonné et il avait entendu la voix de Nora, neutre et naturelle, qui, sans présentation ni formule de politesse, demandait de but en blanc :

« Alors, quand dois-je venir ?

— Quand vous voulez.

— Je vous téléphone du café en bas de chez vous. Je pourrais venir tout de suite. »

Puis, Lorenzo avait attendu plus longtemps que prévu, il était allé impatiemment dans le vestibule, il avait brusquement ouvert la porte et s'était soudain trouvé face à face avec Nora. Il s'était immédiatement aperçu qu'elle paraissait gênée, il avait posé son regard sur son bras qu'elle tenait derrière le dos, comme pour cacher sa main, sans dire un mot il lui avait saisi le poignet et avait alors remarqué qu'elle serrait dans le poing quelque chose de blanc : le slip que, prévoyante et réaliste, elle avait ôté sur le palier avant d'appuyer sur la sonnette. Lorenzo avait pris le slip, avait lancé à Nora un regard interrogateur et lui avait rendu le sous-vêtement en proposant :

« Entre donc. »

Sans la moindre gêne, elle avait rangé sa culotte dans son sac et s'était avancée dans l'appartement. Lorenzo l'avait précédée et il était allé s'asseoir dans son bureau, en demandant :

« Montre-moi cet article. »

Il l'avait vue ouvrir son sac, y fouiller, sortir à nouveau son slip, puis trouver une feuille qu'elle lui tendit. Il avait jeté un coup d'œil à l'article qu'il jugea bien court : tout juste les deux tiers de la page. Du reste, dès la première ligne, son prénom, Lorenzo, suivi d'un point d'exclamation, n'avait pas laissé le moindre doute : l'article était une déclaration d'amour.

Le style direct et naïf, typique d'une étudiante, l'avait frappé. Entre autres, cette phrase de reproche : « Moi, hier, à la fac, j'ai tout essayé pour que tu me remarques, mais tu as fait semblant de ne pas t'en apercevoir », lui avait permis de comprendre que son exhibitionnisme était angoissé et hésitant. Ils avaient donc partagé une même crainte : lui de ne pas être compris et elle de ne pas être vue. Il avait dit un peu malicieusement :

« C'est un article intéressant. Mais trop bref. »

Jouant à son tour sur le double sens avec une impudence enfantine, elle avait répondu :

« Je peux l'allonger en fait, et même sur-le-champ.

— Sur-le-champ ? Alors viens. »

L'idée du caractère félin de Nora avait inspiré le geste de Lorenzo : il s'était approché d'elle et, comme on fait avec un chat, il l'avait attrapée par la nuque entre deux doigts, l'avait contrainte à se lever et l'avait guidée, docile, la bouche à demi ouverte, jusque dans la chambre.

Mais tout à coup, exactement comme un félin qui se laisse caresser par son maître et se rebelle inopinément, une fois sur le lit elle s'était dérobée à son étreinte, s'était déshabillée rapidement, puis avait bondi sur lui, qui l'attendait étendu sur le dos ; enfin, plaçant ses genoux et ses mains sur le lit, elle s'était mise à quatre pattes en disant entre ses dents :

« Ne bouge pas, laisse-moi faire.

— Que veux-tu faire ? lui avait-il demandé, étonné.

— Un jeu », avait-elle répondu.

Ainsi, dès le premier instant de leur rapport, elle s'était adonnée à ce « jeu » qui consistait en l'amour oral, rien qu'avec la bouche, sans se servir des mains.

Or, ce qui l'avait surtout marqué, c'est que Nora avait longtemps joué avec son membre en érection, en le léchant, le saisissant, le libérant, le heurtant, le faisant osciller, mais qu'elle n'avait pas autorisé Lorenzo à la caresser. Comme un félin qui, après avoir longuement joué avec sa proie, se décide enfin à la dévorer, soudain elle avait happé avec détermination le sexe et, montant et descendant avec fureur, sans retard et comme sans pitié, elle avait provoqué son orgasme. Puis, gardant une main sur sa bouche, elle avait fui vers la salle de bains, elle s'y était enfermée un moment, en était ressortie presque aussitôt, et, d'un pas rapide, en poussant un soupir de satisfaction, elle était revenue se jeter sur le lit près de Lorenzo.

Alors soudain, avec l'impression de faire une découverte déconcertante, Lorenzo s'était aperçu qu'il avait été le seul à jouir.

Naturellement, les jours suivants, ils s'étaient aussi aimés complètement, avec un orgasme muet, mais pas souvent, plutôt rarement même. En fait, cette espèce de déception finale, lui étant épuisé et elle encore chargée d'énergie, s'était reproduite assez fréquemment pour acquérir aux yeux de Lorenzo un sens symbolique. Mais quel sens ? Il se l'était demandé dès la première fois et par la suite avait interrogé Nora : « Pourquoi n'as-tu pas joui ? » Il avait obtenu des réponses ambiguës : « J'ai joui, mais tu ne t'en es pas rendu compte. » Ou alors : « Je n'en avais pas envie. » Ou encore : « Tu désirais faire l'amour, je te l'ai fait faire, que veux-tu de plus de moi ? » Maintenant, réfléchissant dans le noir à leur passé, il s'apercevait qu'il ne pouvait y avoir qu'une raison à la façon acrobatique et distante que Nora avait de faire l'amour : comme les prostituées qui vendent leur corps, mais non leur plaisir, Nora, simplement, ne l'aimait pas. Toutefois cette explication ne lui sembla pas satisfaisante : Nora répétait constamment qu'elle l'aimait dans les occasions les plus intimes et les plus désintéressées et il n'avait pas de raison d'en douter. Mais alors ?

Il se dit que son manque de participation à l'amour ne pouvait s'expliquer que s'il l'entendait au-delà des limites du rapport sexuel. En réalité, pensa-t-il, la manière qu'avait Nora de faire l'amour sous-entendait une attitude psychologique analogue : aux démonstrations amoureuses de Lorenzo, elle répondait, en fait, par l'immobilité, l'indifférence, carrément par l'agacement et la répulsion.

Maintenant, à bien y repenser, il se rappela que Nora n'aimait pas être caressée sur le visage, alors que c'est une des caresses les plus affectueuses ; dès qu'il ébauchait ce geste, elle ne pouvait s'empêcher de détourner la tête. Qu'est-

143

ce que cela signifiait ? Comment cela pouvait-il être compatible avec l'affirmation obstinée et sincère de Nora qui prétendait l'aimer ? Lorenzo se souvint du comportement analogue d'un de ses chats, chez ses parents. Sauvage et méfiant, habitué à vivre à la maison le jour et sur les toits la nuit, il ne permettait pas à Lorenzo de le caresser, il se dérobait à la caresse ou se retournait et faisait mine de le griffer. Lorenzo avait demandé à sa mère pourquoi l'animal ne voulait pas être caressé. Elle avait répondu :

« Parce que tu ne lui plais pas.

— Mais nous lui donnons une maison, de la nourriture, il devrait au moins se laisser caresser.

— Il est égoïste, il veut recevoir et non pas donner. Ou plutôt, si tu réfléchis un peu, il y a quelque chose qu'il nous donne.

— Quoi ?

— Sa beauté. Il est beau. Il se laisse contempler, il ne veut pas donner davantage. »

Maintenant, en repensant aux mots de sa mère, il crut pouvoir expliquer l'attitude de Nora dans l'amour. Comme le chat de sa mère, Nora était simplement égoïste : tout en acceptant son amour, elle ne ressentait pas le besoin d'y répondre, elle se contentait de vivre sous ses yeux, de se laisser regarder. Mais pourquoi Nora était-elle égoïste ? Après s'être interrogé, Lorenzo pensa presque aussitôt que c'était une question absurde, comme s'il s'était demandé pourquoi Nora avait les yeux bleus. Mais les yeux, se dit-il, étaient beaux et il éprouvait une jouissance à les admirer. Tandis que l'égoïsme... tout à coup il eut l'impression de comprendre enfin : l'égoïsme aussi était beau, il suffisait d'en observer la manifestation pour s'en satisfaire et ne rien désirer de plus.

Cette explication, qui n'était pas une explication mais l'acceptation d'un fait accompli, le satisfit, ne fût-ce qu'à titre provisoire ; du moins pour l'instant, c'était ce qu'il pouvait penser de mieux sur le compte de Nora, sans sacrifier son propre jugement, sa propre lucidité. Mais maintenant, il fallait songer au rendez-vous qu'elle lui avait donné pour la nuit, avec une légèreté si désarmante. Devait-il y aller ? Il réfléchit : « Elle me trompe ou, du moins, il semble qu'elle me trompe avec Colli. En outre, elle est égoïste d'une façon qui, si elle n'était pas charmante, serait révoltante. Et moi, sur une invitation lancée presque pour plaisanter, je cours la contenter et lui procurer une aventure. » Il pensait qu'il devait ne pas y aller, ce qui ne ferait ni chaud ni froid à Nora, et ce qui lui épargnerait, à lui, de jouer le rôle de l'amoureux furtif. Mais il était certain qu'il finirait par y aller tout de même et, en effet, après avoir vérifié dans le noir le cadran lumineux de sa propre montre et avoir constaté qu'il était deux heures passées, il se décida.

Dans la *rest-house*, régnait un silence tout relatif. Lorenzo entendait ou croyait entendre un léger ronflement venu du divan où était allongé Colli. De la chambre à coucher, à travers la porte ouverte, lui parvenaient des grincements, des bruissements. De la cuisine le générateur du réfrigérateur vrombissait. Enfin, à l'extérieur, la forêt retentissait de tous ses bruits : couinements secs, hargneux, soudains éclats de rire absurdes, appels flûtés et répétés. Lorenzo écouta, puis se leva de son fauteuil et trouva presque aussitôt la porte sur son chemin. Elle était ouverte, il entra dans la chambre plongée en pleine obscurité. Voici le sol nu, un pas encore, voici le matelas de Nora.

Le matelas lui parut tout d'abord vide, puis, lorsqu'il se fut penché et qu'il eut tendu la main, il rencontra la tête de Nora. Selon toute évidence, ce que ses doigts touchèrent étaient les reins, Nora lui tournait le dos, elle dormait recroquevillée sur elle-même.

Maintenant, Lorenzo s'amusait et en même temps s'apercevait qu'il était troublé ; amusement et trouble lui inspiraient un élan de gratitude envers Nora : elle était tout de même, à sa façon, comme du reste elle ne se lassait pas de le répéter, une bonne épouse, puisqu'elle réussissait à introduire l'aventure dans le rapport conjugal. Au milieu de ces réflexions, il fit alors ce que, il en était assuré, Nora n'appréciait pas : il commença à la caresser.

Il posa une main sur la hanche de la dormeuse, glissa doucement vers la fesse. Mais une poigne soudaine immobilisa sa main, la saisit, l'attira vers le bas, de l'autre côté du corps. Puis il sentit que la bouche de Nora baisait avec ferveur sa main, lui léchait les doigts. Cette réponse lui donna un instant un sentiment d'irréalité : était-ce ou non Nora ? Car Nora ne lui aurait jamais léché les doigts. Il passa finalement d'une réalité à une autre : ce n'était pas Nora, c'était simplement Ada blottie sur le matelas à la place de Nora.

Etrange à dire, il n'éprouva ni mépris ni déception pour cette substitution, mais seulement le sentiment écœurant de quelque chose de désagréable et de parfaitement prévisible qui se répétait une fois de plus. Comment avait-il fait pour ne pas penser que Nora se déroberait encore à son amour, se moquerait de lui dans un de ses jeux félins et inconscients ? Peu importait comment Ada était parvenue à prendre la place de Nora. Ce qui importait, c'était de savoir que c'était arrivé et qu'il n'aurait pu en être autrement. Mais que faire à présent ?

Cette question obtint une prompte réponse d'Ada. Il sentit qu'elle se tournait et qu'elle cherchait quelque chose sur le matelas. Soudain le rayon d'une lampe de poche l'éblouit. Derrière le faisceau, la voix basse et intense d'Ada s'exclama :

« Tu es surpris, hein ! Tu croyais trouver Nora et c'est moi que tu as trouvée. »

Lorenzo murmura avec tristesse :

« Je ne cherchais personne. Je n'arrivais pas à dormir, et alors... »

Mais elle ne le laissa pas terminer :

« Nora est dehors, sur la véranda, avec Flavio. Tiens, prends la lampe. Si tu ne me crois pas, va voir.

— Mais que font-ils ?

— Que doivent-ils faire ? Ils font ce que nous ne faisons pas et ne ferons jamais. L'amour. »

Lorenzo s'aperçut qu'il n'avait pas assez de sérénité pour éprouver de la pitié envers Ada, toute seule, réveillée et recroquevillée dans le noir. Il dit simplement :

« Excuse-moi. Maintenant je vais retourner dormir. »

La lampe s'éteignit, deux bras, avec un soudain élan, lui entourèrent le cou, la bouche d'Ada s'écrasa sur la sienne.

« Reste ici, supplia-t-elle, haletante, entre deux baisers. Faisons l'amour nous aussi, tu veux bien ? »

Mais Lorenzo parvint à arracher les deux mains de sa nuque, à les séparer, à se libérer.

« Excuse-moi », répéta-t-il et il se leva.

Chancelant, hésitant, il atteignit à l'aveuglette le fauteuil, s'y installa et chercha aussitôt le sommeil. Mais il ne le trouva pas. Alors, furieux, il chercha dans une poche un sachet de somnifères et en avala trois. C'était une dose exceptionnelle, le sommeil vint bientôt, mais plus semblable à un étourdissement consécutif à un coup de poing, qu'à un assoupissement réparateur.

Il dormit pendant un laps de temps indéfini, cela aurait pu être aussi bien une heure que dix minutes.

CHAPITRE 8

Le gardien de la *rest-house* arriva le lendemain matin assez tard pour que Colli puisse protester :
« Vous nous avez oubliés. L'avion sera reparti sans nous. Tant mieux. Il y a suffisamment de conserves pour qu'on résiste au moins une semaine. Nous jouerons les Robinson. »

Mais lorsqu'ils parvinrent sur le vaste terrain de l'aéroport, ils constatèrent que le retard du gardien était dû au fait que les mécaniciens de Libreville n'étaient toujours pas arrivés. Une fois au pied de l'avion, ils virent que les passagers africains étaient déjà assis à leurs places et les observaient par les hublots ; ils montèrent et s'installèrent cette fois dans un ordre différent de celui de la veille : Colli et Ada, sur des sièges voisins, près de la cabine du pilote, et Lorenzo et Nora près de l'entrée. Au bout d'un moment, Lorenzo demanda à sa femme à mi-voix :
« As-tu bien dormi ? »

Elle se retourna et le regarda comme si elle était surprise :
« Oui, pourquoi ? »

Lorenzo, cédant à une irrésistible impulsion, répondit malgré lui :

« Tu as bien dormi, mais peu.

— Pourquoi peu ?

— Parce que tu es restée je ne sais combien de temps sur la véranda à bavarder avec Colli. »

Il la vit hésiter puis dire tranquillement :

« Oui, je n'arrivais pas à m'endormir. Je suis sortie et je suis tombée sur Colli. Nous avons parlé.

— De quoi avez-vous parlé ?

— De quoi avons-nous parlé ? Comme d'habitude, de nous deux.

— De vous deux ! »

Elle n'avait jamais admis avec autant de franchise son intimité avec Colli et, en fait, à ce qu'il semblait, le sujet de conversation était « habituel ». Lorenzo ne put s'empêcher d'objecter, d'une voix feutrée et tendue :

« Tu as oublié que tu m'avais donné rendez-vous cette nuit. Je t'ai cherchée et c'est sur Ada que je suis tombé. »

Il la vit sourire.

« Tu es tombé sur Ada ! Elle a dû être ravie ! Oui, elle avait réclamé mon matelas près de la porte parce qu'elle voulait être plus libre si elle avait besoin d'aller dans la salle de bains. J'aurais dû t'avertir, mais comment aurais-je pu le faire en sa présence ? Ç'aurait été drôle, non ? " Ce soir, tu viendras dans le noir me rejoindre sur le matelas sous la fenêtre ! " Alors, j'ai renoncé. »

Lorenzo protesta rageusement :

« Peut-on savoir ce que signifie " Nous avons parlé de nous deux " ?

— De notre relation.

— Que vous êtes-vous dit ?
— Les choses habituelles.
— Mais quelles choses ? »

Cette fois, elle se tourna, le dévisagea un moment et dit avec fermeté :

« Excuse-moi, mais c'est notre affaire, ça ne te concerne pas. »

Lorenzo se mordit les lèvres jusqu'au sang et chercha une phrase qui lui permettrait d'échapper à la jalousie. Il ne trouva rien de mieux que de lui dire la vérité :

« Moi aussi j'ai peu dormi. Pour tromper le temps, j'ai pensé à nous deux. »

Ce « nous deux » se voulait une critique implicite du « nous deux » précédent prononcé par Nora. Elle ne sembla pas s'en apercevoir et dit avec étonnement :

« A nous deux ? Qu'as-tu pensé ? »

Cela avait beau être la voix normale de la Nora normale, Lorenzo se rendit compte avec stupeur qu'il avait suffi d'un ton imperceptiblement affectueux pour dissiper l'angoisse de la jalousie. Il précisa toutefois avec gêne :

« Moi aussi, je pense aux choses habituelles.
— A quelles choses ?
— Que je t'aime et que tu ne m'aimes pas. »

Rapidement, spontanément, elle saisit sa main dans la sienne.

« Tu verras que dorénavant tout va changer. »

Lorenzo garda le silence et se contenta de répondre à la pression de sa main. Mais il ne pouvait que s'interroger : qu'est-ce que cela signifiait, que tout allait changer ? Qu'elle l'avait trompé et qu'à partir d'aujourd'hui elle lui serait fidèle ? Qu'elle serait plus gentille et affectueuse avec lui ? Quoi d'autre ? La comparaison avec le chat lui revint à l'esprit. Oui, Nora changerait peut-être d'attitude envers lui, mais pour peu de temps seulement avant de rechuter dans son indifférence ordinaire, insondable, tout à fait comme un chat qui passe des genoux d'un invité à ceux de son maître, pour revenir à l'invité, et tout cela sans aucune raison particulière, selon la loi inexplicable de son caprice.

Il fut arraché à ces réflexions par la voix soudaine de Colli qui s'était levé de son siège pour les rejoindre et commenter avec eux l'étrange immobilité de l'avion :

« Oh, que fait-on ? Il y a une heure que nous attendons et les mécaniciens de Libreville sont toujours invisibles. Je propose qu'on retourne à la *rest-house* : là, au moins, nous aurons une chance de rencontrer la femme-léopard.

— C'est moi, la femme-léopard, intervint Nora en riant.

— Ça, nous le savions, mais seulement dans la forêt. Ici, tu es une passagère comme les autres et il faut que tu protestes, toi aussi. »

Comme pour répondre à cette plaisanterie, il y eut, tout à coup, un certain mouvement sur la piste de l'aéroport. Par le hublot, Lorenzo vit arriver sur le terrain un petit appareil qui, après avoir atterri à vive allure, vint s'arrêter près de l'avion de ligne. La porte de l'engin s'ouvrit, un escalier en sortit, un homme en tunique jaune et en pantalon vert, chargé d'une grande cage, descendit en premier, suivi d'une femme avec un enfant dans les bras, enfin de trois hommes, tous trois en salopette bleue de mécaniciens. Au même moment, du fond de la piste déboucha un fourgon de la Croix-Rouge, qui vint se garer près de l'avion. Il s'ensuivit une scène mouvementée. L'homme en tunique jaune et pantalon vert monta dans l'appareil et l'on vit que la cage contenait un chevreau. Puis apparut la femme avec l'enfant dans ses bras. Enfin, le pilote entra et sans un mot alla s'enfermer dans la cabine. Les trois mécaniciens, eux, restèrent à terre, plongés dans leur discussion.

Lorenzo les observait, il les vit finalement se déplacer pour laisser passer le fourgon de la Croix-Rouge. Les portes arrière du fourgon furent ouvertes, deux infirmiers en sortirent un brancard sur lequel était allongé un homme aux yeux écarquillés, une couverture sur le corps. Une jambe plâtrée dépassait de la couverture. Avec précaution, les deux infirmiers hissèrent le brancard sur l'escalier, entrèrent ensuite dans l'avion. Trois sièges furent baissés et le brancard fut installé sur les trois sièges sous les hublots.

Mais le fourgon ne repartit pas. Au contraire, il se déplaça tout près de l'appareil et Lorenzo vit alors les mécaniciens monter sur son toit et de là sur les ailes de l'avion. De toute évidence, on n'avait pas trouvé dans l'aéroport d'échelle assez haute pour grimper sur l'appareil. A la grande surprise de Lorenzo, la réparation fut liquidée en moins d'une heure, puis les mécaniciens redescendirent des ailes sur le toit et sautèrent à terre ; presque aussitôt le moteur se mit à rugir. L'avion amorça un mouvement doux et lent, en se dirigeant vers l'extrémité de la piste. Il s'y immobilisa un moment, puis pivota sur lui-même et alors le terrain apparut sur toute sa longueur jusqu'à la forêt, là-bas, sombre, embrumée par la chaleur qui en cachait l'orée. L'appareil termina sa manœuvre, s'arrêta encore, puis, avec une puissante poussée, prit son élan. Mais il roulait sans se soulever, les arbres le long de la piste défilaient de plus en plus vite et les roues continuaient à rebondir sur l'herbe. Lorenzo pensa que peut-être ils n'arriveraient pas à décoller et qu'ils s'écraseraient contre les arbres en bout de piste. Cela lui parut une hypothèse juste, quoique invraisemblable : une pareille mort, absurde, aurait été une conclusion logique d'une vie comme la sienne, engluée dans des problèmes absurdes. Mais l'absurdité n'était-elle pas la charnière où la vie et la mort se rencontraient et se soudaient dans un même défi, absurde lui aussi ? Oui, mais pourquoi ce défi ? Et contre qui sinon soi-même ?

L'avion, parvenu en bout de piste, démentit toutefois ses prévisions, en décollant soudain presque à la verticale, et se mit bientôt à voler à haute altitude, horizontal et immobile, avec un ronflement discret et régulier.

Maintenant, sous l'appareil, au bouillonnement uniforme de la forêt, comme une lessive verte, s'était substitué un paysage moins monotone. Entre deux rives de verdure gonflée et surabondante, voici, en effet, que serpentait, plat et scintillant, le miroir d'eau sombre d'une lagune. Ils survolèrent la mer un moment, puis, à l'horizon, apparut la bande jaune d'une plage éloignée et, plus loin encore, un bleu diaphane qui pouvait aussi bien être celui du ciel que celui de l'océan, ou de tous les deux confondus.

L'avion amorça sa descente, en chancelant et en exerçant une pression sur les ailes. Soudain, la lagune disparut, ils se trouvaient à nouveau au-dessus de la forêt, mais si bas que l'appareil semblait risquer d'effleurer les cimes des arbres. Puis, tout à coup, la masse compacte de la forêt s'ouvrit et le ruban gris de la piste de l'aéroport apparut, très long et très étroit. L'avion descendit presque la tête la première sur cette bande, heurta enfin le sol avec un ébranlement brutal qui fit tressauter les passagers et fila rapidement le long des arbres, avant de s'arrêter d'un seul coup face à l'aérogare.

Lorenzo regarda. L'aérogare, un bâtiment d'un seul étage, marron foncé, simulait trois grandes cabanes jointes avec trois toits coniques. Mais sur ces derniers, à la place de la paille tradition-nelle, il y avait des ardoises noires. Une véranda contournait ce bizarre édifice, elle aussi imita-tion des pergolas qui ombragent les cabanes. Mais il ne leur fallut pas longtemps pour comprendre que l'aérogare était fermée : der-rière la véranda, des baies vitrées hermétiques et sombres scintillaient. Le pilote, sortant de sa cabine, le confirma : l'aéroport n'était pas encore en service.

Ils étaient maintenant descendus de l'avion et observaient autour d'eux, avec stupéfaction. Les gens s'en allaient par petits groupes vers la forêt qui entourait de toutes parts le terre-plein de l'aéroport ; deux ou trois voitures garées ne leur semblaient nullement destinées. Puis, du fond du

155

terre-plein, déboucha tout à coup une Jeep, rayée comme la peau d'un zèbre, qui roula à vive allure dans leur direction. Un petit vieux en chemise à carreaux, en blue-jean et coiffé d'un chapeau de cowboy en descendit, suivi d'un jeune homme très grand et très gros, en salopette bleue de mécanicien. Le premier se précipita vers Colli, lui demanda en français si c'étaient bien eux, le groupe italien. Colli acquiesça et demanda railleusement :

« Tout est parfait, mais où est Mayumba ? »

Le vieux répondit qu'ils étaient précisément venus pour les amener à Mayumba, qui se trouvait à quelques kilomètres de l'aéroport : ils n'avaient qu'à s'installer dans la voiture en attendant. Ils se dirigèrent donc tous vers le véhicule zébré. Lorenzo remarqua que le chapeau du vieux portait un badge avec une tête de lion entourée d'une inscription où l'on pouvait lire *Club des chasseurs de Mayumba*. Le même blason était répété sur les portières de la Jeep.

Ils partirent aussitôt. Le jeune gros se mit au volant, le vieux s'assit à côté et en se retournant commença à répondre aux questions de Colli qui, à son habitude, s'informait sur Mayumba et sur la *lodge* où ils allaient être hébergés. Les nouvelles — étrange à dire puisqu'elles étaient fournies par quelqu'un qui aurait eu intérêt à les rendre rassurantes — n'étaient pas bonnes. Contrairement à ce que font les hôteliers du monde entier, le vieux ne semblait pas vouloir cacher la situation difficile où se trouvait la *lodge* et même, fûtce de façon amère, paraissait presque s'y complaire, comme s'il ne se trouvait pas en présence de clients, mais de parents ou d'amis dont il était légitime d'attendre compréhension et solidarité. Selon toute apparence, tout était allé mal d'emblée : ils avaient créé la *lodge* exclusivement pour les chasseurs, à proximité de la forêt dans laquelle le gibier abondait, et voilà que le gouvernement avait interdit la chasse. Comme si cela ne suffisait pas, l'Etat favorisait la côte dans l'idée d'y faire naître une station balnéaire. C'est ainsi qu'il avait trouvé les fonds pour y installer l'électricité, le gaz, le téléphone, le télégraphe, alors que dans la *lodge* ils devaient se contenter d'une précaire liaison par radio et de lampes à pétrole. Dernier coup, l'Etat avait infligé à la *lodge* une grosse amende en l'accusant de braconnage. Colli demanda si l'accusation avait quelque fondement. La réponse fut ambiguë :

« Après tout, nous sommes des chasseurs professionnels. »

Pendant ce temps, la fourgonnette roulait à fond de train, tressautant sur les cailloux d'une piste étroite et tortueuse à travers la forêt. Ils filèrent comme ça pendant un bon bout de temps, puis soudain la forêt s'ouvrit et la piste se mit à descendre vers un fleuve encastré entre de hautes rives, à l'eau profonde, immobile, vitreuse comme celle d'un canal. Un petit embarcadère s'avançait dans le fleuve ; au-delà du cours d'eau, sur l'autre rive, on apercevait un embarcadère semblable auquel était amarré le ponton du bac. Il paraissait complètement démantelé et comme hors d'usage depuis longtemps. De l'autre côté du fleuve, on pouvait voir ce qui semblait être les restes d'une entreprise de construction : poutres empilées, sacs de ciment amoncelés. Quelques-uns étaient éventrés, avec du ciment répandu alentour. Un camion sans roue complétait ce spectacle d'abandon.

Le vieux au grand chapeau se hâta d'expliquer qu'ils avaient décidé de construire une dépendance de la *lodge*, puis était survenue l'interdiction de la chasse et les travaux avaient été suspendus. Mais ils n'avaient pas dit leur dernier mot. Il y avait, à Libreville, un mouvement en faveur de la chasse. Peut-être que des temps meilleurs s'annonçaient.

Jaillissant d'on ne sait où, deux employés étaient montés sur le ponton du bac et avaient allumé le moteur. Un long hurlement plaintif de sirène retentit dans l'air immobile et étouffant, faisant fuir des arbres un groupe insoupçonné de gros oiseaux noirs. Et la grosse embarcation se mit en branle, peinant contre le courant avec une lenteur où l'on aurait pu soupçonner de la mauvaise volonté.

Le ponton heurta enfin l'embarcadère, le hululement de la sirène se réverbéra à nouveau et les oiseaux noirs, des corbeaux peut-être, abandonnèrent une fois encore les branches d'arbres, tournoyant au-dessus des cimes. La fourgonnette descendit le long de la pente, s'engagea en chancelant sur les planches de l'embarcadère et celles du ponton qui se mit aussitôt en marche. Un nouveau sifflement de la sirène, un nouvel envol d'oiseaux accompagnèrent l'éloignement de la rive.

A présent, pendant que le ponton avançait à

travers le courant, ils étaient tous quatre debout près des rambardes, Nora et Colli d'un côté, Ada et Lorenzo de l'autre. Soudain, Ada dit à mi-voix :

« Regarde-les, ils se serrent la main. »

Lorenzo les observa ; c'était vrai, d'une façon qui n'avait rien d'innocent, la main de Colli recouvrait celle de Nora. Lorenzo pensa que cette pression de main était, pour le moins, un démenti flagrant à la phrase du matin : « Tu verras que désormais tout changera. »

Il dit brusquement à Ada :

« Et toi, fais-en autant : serre ma main dans la tienne. »

Il croyait qu'Ada serait vexée. Mais il la vit regarder autour d'elle d'un air coupable et prudent, et ensuite poser sa main carrée et trapue de paysanne sur la sienne. Au même instant, le ponton heurta l'embarcadère, Ada retira hâtivement sa main. Ils remontèrent dans la Jeep, le jeune gros ralluma le moteur, le véhicule démarra, descendit sur la rive, dépassa les piles de poutres et de sacs de ciment, commença à gravir une côte escarpée vers la forêt.

Mais cette fois le trajet fut de courte durée Tout à coup la forêt fut derrière eux, ils revirent la lagune sombre et scintillante au soleil. Au sommet d'un tertre, entre de rares arbres, on pouvait voir une construction brune, tout en bois, pareille à un grand chalet alpin : la *lodge*.

La fourgonnette s'engagea dans une allée qui montait tout droit et alla se garer devant un porche formé de deux troncs d'arbres qui servaient de piliers et soutenaient un autre tronc transversal en guise de linteau. Ils descendirent et entrèrent dans la *lodge*. A l'intérieur, tout semblait construit avec des troncs et des branches d'arbres ou avec des planches taillées dans des arbres. Le sol était fait de planches rabotées, les lambris et les troncs des murs et du plafond conservaient l'écorce. Les troncs les plus gros se trouvaient derrière le comptoir qui, de ce fait, paraissait au cœur d'une forêt. Une énorme tête de buffle aux cornes en forme de guidon de bicyclette se détachait des troncs, pour regarder les clients de ses yeux de verre, saillants et sombres. D'autres têtes d'animaux, d'antilopes, de gazelles, de grues, étaient suspendues çà et là aux murs. Le vieux ôta son chapeau, passa derrière le comptoir et dit, en prenant un ton administratif :

« Vous voulez donc deux chambres à un grand lit ?

— Non, des chambres individuelles, protesta Ada avec précipitation. Par cette chaleur, ajouta-t-elle en regardant son mari, il vaut mieux dormir séparés, tu ne crois pas ? »

Colli ne parut pas remarquer son ton allusif et répondit avec enjouement :

« Ça va de soi. Comme ça, au moins, on aura la possibilité de se rendre des visites surprises.

— Moi aussi, intervint Nora, je voudrais une chambre individuelle. »

Lorenzo ne put s'empêcher de demander :

— Oh, pourquoi ?

— Tu oublies que tu ronfles », répondit-elle avec légèreté.

C'était la première fois qu'elle relevait ce

défaut : à Libreville comme à Rome, ils dormaient ensemble. Lorenzo se demanda inévitablement si cette préférence pour la chambre individuelle n'avait pas été décidée par un accord préalable avec Colli. Pas du tout, c'était Ada et non Colli qui avait fait ce choix. Troublé et agacé, il dit :

« Tu n'as pas besoin de te justifier, et du reste, tu ne m'avais jamais dit que je ronflais. Peu importe, tu préfères dormir seule, ça suffit.

— Allons, répondit gaiement Nora. Ne le prends pas comme ça. Je viendrai te rejoindre, d'accord ? »

Elle prit la clé, une grande clé rustique en fer, et se dirigea vers l'escalier derrière le vieux. Les autres gravirent à sa suite les marches qui montaient au premier.

Ils débouchèrent dans un long couloir étroit dans lequel tout évoquait la forêt, avec des troncs, des branches et des planches diversement utilisés. Des lampes à pétrole, semblables à celles qui éclairaient les galeries des mines, étaient pendues au plafond. La première à entrer dans sa chambre fut Nora. Puis, dans l'ordre, Lorenzo, Colli et Ada.

Lorenzo pénétra dans la sienne et s'avança directement vers la porte-fenêtre. Il n'y avait qu'une terrasse qui donnait sur la lagune, séparée en de nombreux compartiments par des balustrades plus basses. C'était déjà le coucher du soleil, de longs reflets rouge sang persistaient sur les eaux brunes et opaques, la forêt, au-delà de la lagune, était désormais une masse noire et indistincte, surmontée d'un ciel crépusculaire, entre le rouge et le vert. Lorenzo regarda un moment ce paysage immobile et silencieux, qui semblait en attente de la nuit, pour révéler sa propre mystérieuse vitalité, puis il rentra dans la chambre, prit son sac, alla dans la salle de bains et rangea mécaniquement ses affaires de toilette. Il voulait tuer un peu le temps avant de rejoindre Nora dans sa chambre et ne savait pas quoi faire. Puis, il s'aperçut que, dans son inquiétude à propos de la conduite de Nora, il avait complètement oublié que, ce matin-là, dans la *rest-house*, il n'avait pas fait sa toilette habituelle. Il ne s'était pas rasé ni lavé, il n'avait pas pris de douche depuis près de deux jours.

« Bonne idée, se dit-il, je vais faire ma toilette avec le plus grand soin. »

Il se déshabilla donc, ouvrit la douche et se glissa sous le jet. L'eau était presque tiède, elle ne rafraîchissait pas du tout, mais, pensa-t-il, elle le débarrasserait de la poussière et de la transpiration de la journée. Dans ce but, il se savonna soigneusement à plusieurs reprises. Puis, il ferma le robinet, sortit du bac, s'essuya avec une serviette-éponge. Ce fut ensuite le tour de sa barbe. Il s'enduisit le visage de mousse, se rasa méticuleusement. Puis les dents : brosse et dentifrice. Enfin les cheveux : il se peigna, se brossa. Il regarda finalement sa montre : la toilette lui avait pris vingt minutes. Estimant qu'il était temps d'aller retrouver Nora, il se rhabilla et quitta sa chambre.

Il se sentait dans un état d'esprit à la fois agressif et confus, celui qui pousse à dire et à commettre des bêtises, conclut-il avec lucidité. Il trouva porte close, mais entra. Nora était allongée sur son lit. La lampe à pétrole encastrée dans une espèce de cage de branches projetait une lumière [...]¹ et inégale sur son corps nu. Nora était étendue sur le dos, les jambes écartées, immobile. Elle dit en le regardant :

« Ah, c'est toi ? Quelle heure est-il ?

— Sept heures.

— Bien, attends-moi là-bas. Je vais prendre une douche et me préparer pour le dîner. »

La tension de Lorenzo explosa de façon maladroite et involontaire :

« Tu avais dit qu'à Mayumba tout changerait. Mais tout est comme avant, pire qu'avant. Pourquoi as-tu voulu deux chambres séparées ? »

Il la vit se redresser sur les coudes, et tourner vers lui des yeux chargés d'une lumière bleue, irréelle :

« Je l'ai désiré, comme l'a désiré Ada. Pourquoi elle et pas moi ?

— Tu as dit que je ronflais.

— Que voulais-tu que je dise ? Ada souhaite une chambre individuelle pour y recevoir mon mari ? Il fallait bien que je trouve un prétexte. »

Lorenzo mentit, avec l'impression toutefois de ne pas mentir :

« Entre Ada et moi, il n'y a absolument rien. En réalité, tu as voulu une chambre individuelle pour voir Colli.

— Et même si c'était vrai ?

— Ah, c'est vrai ?

— Oui, c'est vrai, exactement comme Ada et toi.

1. Voir note p. 199.

— Mais puisque je te dis qu'il n'y a rien entre elle et moi.

— Tu n'as pas de raison de te plaindre de moi. Je fais toujours en sorte de te laisser seul avec elle. »

Une tristesse soudaine, mortelle, le rendit muet. Leur rapport, pensa-t-il, en était désormais parvenu à la phase qu'on appelle, dans le jargon mondain, celui du « couple ouvert ». Chacun des conjoints avait un amant et tolérait celui de l'autre. Sa tristesse était d'autant plus pesante que Nora s'exprimait avec la légèreté enfantine d'une fillette qui rappelle à son camarade les règles d'un jeu. Il dit avec douleur :

« Mais, Nora, tu ne peux pas me parler ainsi. Tu es ma femme et je suis ton mari. »

Cette fois-ci, elle ne dit rien. Lorenzo insista :

« Alors, pourquoi ne parles-tu pas ?

— Je n'ai rien à dire. Ce qui se passe entre Colli et moi ne te regarde pas, de même que ce qui se passe entre Ada et toi ne me regarde pas.

— Ah bon ? Mais tu ne te rends pas compte que tout ce qui se passe entre Colli et toi ne peut pas ne pas me regarder ? Tu ne m'aimes pas et tu ne veux rien savoir. Moi, je t'aime et je veux, je veux absolument savoir. »

Elle le considéra, comme surprise, puis annonça négligemment, non sans une complaisance enfantine :

« Colli m'a demandé de l'épouser. »

Lorenzo eut un coup au cœur et un froid glacé parcourut son dos :

« Ah, c'est donc de ça que vous parliez l'autre nuit, sur la véranda de la *rest-house* ?

— Entre autres choses. »

Sa vision s'était obscurcie. Lorenzo s'aperçut qu'il tremblait et il se tut pendant un moment. Il dit alors :

« C'est donc vrai ?

— Quoi ?

— Que tu es sa maîtresse.

— Je n'ai rien à dire.

— Que lui as-tu répondu ?

— C'est quelque chose qui ne concerne que nous, lui et moi. »

Lorenzo corrigea lentement et avec force :

« Qui nous concerne toi, lui et moi. »

Son ton, si grave, parut impressionner Nora : Lorenzo voulait connaître la vérité et elle sembla se décider à la lui révéler :

« Soyons clairs, il m'a demandé de l'épouser, mais je n'ai encore rien décidé. »

Lorenzo comprit soudain qu'il avait tout imaginé, sauf la possibilité que Nora, de la même manière qu'elle avait de jouer avec lui, jouait aussi avec Colli. Et que c'était parce qu'elle jouait qu'elle ne pouvait avoir pris au sérieux cette demande en mariage, autrement, quel jeu aurait-ce été ? Mais qu'était ce jeu sinon la pelote avec laquelle le chat joue en se contentant de la pousser et de la poursuivre ? Il insista toutefois, désireux de se l'entendre redire :

« Tu n'as encore rien décidé ? »

Comme s'il lui avait rappelé une règle connue de ce jeu du « couple ouvert », elle confirma :

« Sois tranquille, si je me décide, tu seras le premier à le savoir.

— Mais qu'est-ce que tu racontes ?

— Je n'en sais rien. »

A présent, il lui suffisait d'avoir découvert que Nora jouait avec Colli comme elle le faisait avec lui. Il voulait savoir jusqu'où allait ce jeu. Ce désir d'en savoir davantage, de tout savoir, était aiguisé, de façon insupportable, par la vue du corps nu de Nora, toujours étendue sur le dos, les jambes écartées et la touffe blonde de son pubis sous lequel s'ouvrait la petite bouche verticale du sexe aux lèvres rouges et bien dessinées. Lorenzo aurait voulu que cette bouche ait une voix et lui dise, tranquillement, effrontément : « Oui, j'ai été pénétrée, maintenant tu le sais, pénétrée plusieurs fois et pour mon plus grand plaisir. » Cette idée de la pénétration avait une autonomie symbolique, faisant du sexe de Nora un objet qui lui appartenait exclusivement, une partie de lui-même plus encore que de Nora, car il constituait une extension de sa personne, comme du reste n'importe quelle autre propriété personnelle et jusqu'ici inviolée. Nora était libre de faire ce qu'elle voulait d'elle-même, mais pas avec cette partie de son corps. Bref, c'était le sentiment du propriétaire qui voit un objet qui lui appartient dérobé par un étranger ; cela devait transparaître dans son regard sur Nora, car elle referma ses jambes et l'interrogea :

« Qu'as-tu donc ? Pourquoi me regardes-tu comme ça ?

— Je voudrais savoir encore quelque chose de toi.

— Quoi ?

— Si Colli et toi avez fait l'amour.

— Quelle importance pour toi? Qu'est-ce que ça changerait que nous l'ayons fait? Est-ce que je ne suis pas prête à faire l'amour avec toi chaque fois que tu le désires?

— Je veux savoir si Colli... est entré en toi.

— Pourquoi? Qu'est-ce que ça peut te faire? Les prostituées laissent tant d'hommes entrer, comme tu dis, en elles. Tu as toujours dit que tu couchais avec des prostituées et que tu ne trouvais rien à redire à ça.

— Tu n'es pas une prostituée.

— Non, répondit-elle, avec un curieux sursaut de dignité. Je n'en suis pas une, absolument pas. Je suis ta femme et je sais que je suis une bonne épouse. Ça me suffit et ça doit te suffire, à toi aussi. »

Lorenzo se tut. Ils étaient revenus au point de départ; il ne fallait pas qu'il sache si Colli et elle étaient amants, il devait se contenter de ce qu'elle soit une bonne épouse, toujours prête à se donner à lui. Elle sembla comprendre le sens de son silence, car elle ajouta :

« Ne te mets pas en colère comme ça. Tu sais bien que je n'aime que toi.

— Ça, je le savais, répondit-il, résigné.

— Alors n'essaie pas d'en savoir davantage. Il n'y a du reste rien à savoir.

— C'est-à-dire?

— C'est-à-dire, lança-t-elle avec une légèreté définitive, en se levant du lit, que maintenant je vais faire ma toilette et que nous nous retrouverons en bas, dans la salle à manger, dans une demi-heure. »

CHAPITRE 9

Ils dînèrent avec les propriétaires; au petit vieux sportif et au jeune gros en tenue de mécanicien de bateau s'ajoutèrent une femme menue et maigre, au visage sévère avec des lunettes, qui était la femme du jeune, et leur fils de sept ans. Le vieux les invita à leur table, ils étaient les seuls clients, en pareil cas mieux vaut tout faire en famille. Ce fut un dîner joyeux : le vieux et Colli rivalisaient dans ce genre de conversation qui est propre à l'arrivée dans un endroit inconnu et au cours de laquelle l'étranger interroge et l'habitant répond et explique. Ada et Nora ne parlaient pas, quoique pour des raisons opposées, se dit Lorenzo, la première à cause de son habituelle et lancinante jalousie, la seconde pour son habituelle incapacité à être satisfaite. Quant à lui, il ne pouvait s'empêcher de penser à la proposition de mariage de Colli et il n'éprouvait pas tant la crainte de voir Nora l'accepter, que ce même sentiment d'insulte que lui avait inspiré le clin d'œil de Colli à Nora, au restaurant de Rome. Comment Colli se permettait-il de se conduire comme s'il n'avait pas existé ? Néanmoins, il s'en voulait en même temps de cette réaction naïve consistant à se sentir insulté : ne savait-il donc pas que les autres cessent d'exister au moment même où ils s'interposent entre l'objet de notre désir et nous-mêmes ?

Dès que le dîner fut terminé, ils allèrent tous quatre se coucher. La journée avait été longue et fatigante, et tout le monde semblait avoir sommeil. Lorenzo s'endormit presque aussitôt et fit un rêve précis et effrayant. Il se trouve dans son appartement de Rome, dans la salle de séjour, et il regarde avec terreur quelque chose de stupéfiant : un arbre, un de ces grands arbres africains qui semblent constitués de plusieurs troncs réunis, a poussé, Dieu sait comment, dans un coin de la salle de séjour, plongeant ses racines, pareilles à des griffes, entre les carreaux du dallage éventré. Nora est près de lui et elle aussi contemple avec stupéfaction cet arbre. Il finit par dire qu'il faut abattre l'arbre avant qu'il ne parvienne à détruire la pièce, Nora, elle, s'y oppose, elle dit que l'arbre lui plaît, que mieux vaut l'arbre que n'importe quel meuble, c'est plus original, qui a un arbre chez soi ? Mais Lorenzo ne lui prête pas attention, sort du salon, va dans la cuisine, prend une hachette dont il se sert d'habitude quand il coupe des bûches pour le feu de cheminée, il rentre dans la pièce, déterminé à abattre l'arbre. Mais il ne retrouve plus Nora et, entre-temps, l'arbre paraît avoir grandi, une branche a poussé jusqu'au plafond, l'a défoncé...

Lorenzo ne perd pas son sang-froid, il se rapproche de l'énorme tronc multiple, s'apprête à faire retentir le premier coup de hache. Mais voici que soudain, dans le feuillage, surgit la tête ronde et féroce d'un gros félin, une panthère, un léopard qui le fixe de ses yeux écarquillés et resplendissants. Terrifié, il jette la hachette et veut fuir. Trop tard. Le fauve lui saute dessus, enfonce ses griffes dans ses épaules... et, avec un cri plaintif, Lorenzo s'éveille.

Quelque chose lui était effectivement tombé dessus, provoquant cette sensation de griffes de fauve. Convulsivement, il se débattit, chercha et trouva sur la table de chevet la lampe de poche, il l'alluma, dirigea le faisceau vers le bas et découvrit alors qu'il avait heurté l'abat-jour de la lampe à pétrole, une espèce de cloche en osier pointu, et qu'il avait pris ces pointes pour des serres. Soulagé, il promena les rayons de la lampe dans la pièce.

Il y avait une ombre épaisse, mais tous les endroits que balayait la lumière révélaient des murs faits de troncs liés ensemble. Il fut saisi du même sentiment d'étouffement que la forêt provoque. Sans réfléchir, il bondit hors de son lit, alla vers la porte-fenêtre, l'ouvrit, sortit sur le balcon.

C'était une nuit de pleine lune, avec l'astre énorme, presque aussi grand que le ciel, immobile et muet sur la masse noire et dentelée de la forêt. Alors, sans trop de surprise, comme s'il s'y était vraiment attendu, Lorenzo aperçut Colli, debout près de la balustrade, tout noir et comme plongé dans la froide lumière lunaire. Colli lui fit aussitôt un salut de la main :

« Belle nuit, n'est-ce pas ?

— C'est la pleine lune, constata Lorenzo.

— La chambre est remplie d'insectes qui bougent et qui volent, remarqua Colli. Je ne pouvais pas dormir et je suis sorti. »

Après un moment de silence, il reprit :

« Je dors mal en Afrique. Je me sens plus protégé en Europe, ici non.

— Protégé de quelle façon ?

— Ça va vous paraître étrange : protégé par l'histoire.

— Par l'histoire ?

— Oui, par ce que nous appelons l'histoire de notre passé. En Italie, avant la république, il y avait la royauté, avant la royauté, que sais-je, le Risorgimento, et avant, la Renaissance, le Moyen Age et on remonte jusqu'aux Romains, aux Grecs. Alors qu'en Afrique, il y a le vide.

— Les Africains aussi ont leur histoire.

— Orale, une histoire orale, ils se la racontent sur les marchés, une histoire transmise par la mémoire, pas par l'écrit.

— Je ne comprends pas en quel sens l'histoire peut vous protéger.

— Elle m'empêche de me précipiter dans le vide. En Afrique, ou bien on vit dans le présent, au jour le jour, ou bien on se précipite tout au fond, vertigineusement, jusqu'à la préhistoire. Entre l'homme des cavernes et nous, il n'y a rien.

— Je ne savais pas que vous vous occupiez de paléontologie.

— A vrai dire, répondit Colli en riant, je ne m'en suis jamais occupé jusqu'à il y a quatre ans, lorsque je suis venu pour la première fois au Gabon. A Libreville, se trouve un Musée ethnologique spécialisé en préhistoire africaine. Or, dans une salle, est exposé un squelette complet d'homme des cavernes, le fameux *homo habilis*. Ce devait être une espèce de gros singe, du moins à en juger par une statue qui le représente, disons, en chair et en os : petit, avec des épaules énormes, de longs bras, des jambes courtes, un front de deux doigts de largeur, une mâchoire puissante. Mais le squelette, tout en étant complet, présente une anomalie autobiographique, si vous voulez : il a la colonne vertébrale et quelques côtes fracturées. En d'autres termes, les années, les siècles, les millénaires se sont abattus sur son corps comme des neiges éternelles, l'ont caché, jusqu'au jour où on est venu le déterrer et où on a exposé son squelette dans le Musée ethnologique. »

Colli se tut soudain, comme écrasé par sa propre éloquence. Lorenzo demanda :

« Et alors ? Qu'est-ce que tout cela signifie pour vous ? »

Colli réfléchit et expliqua ensuite :

« Ça signifie au fond l'accident malheureux. Quand quelqu'un s'y attend le moins, quand tout va bien pour lui, soudain l'accident. Je me dis : étrange, s'il avait fait plus attention, le rocher ne l'aurait pas écrasé. Peut-être, qui sait, s'il avait fait attention, il ne serait jamais mort par la suite ?

— Est-ce que vous n'avez jamais pensé que si l'on faisait davantage attention, on ne mourrait peut-être pas du tout ?

— Alors pour vous, la mort est un accident malheureux ?

— En un certain sens, oui.

— Vous vous croyez donc immortel ?

173

— Disons que je n'arrive pas à me croire mortel. Comme tout le monde, non ? Qui pense à la mort ?

— Vous, en ce moment, vous y pensez, constata Lorenzo. Vous y pensez en vous identifiant à l'homme des cavernes. »

Colli éclata de rire.

« Le fait est que cet *homo habilis* m'est sympathique. Il avait tout, c'était le plus fort, le plus puissant, et puis, finalement, un beau matin de la préhistoire, crac, l'accident ! C'est tout de même vrai que l'homme, *homo habilis* ou pas, propose et que Dieu dispose. Ou si vous préférez : on ne sait jamais de quoi demain sera fait. »

Lorenzo éprouva brusquement le sentiment de ne pouvoir poursuivre le dialogue avec Colli, à la fois si sentencieux et si angoissé à sa façon.

« Excusez-moi, dit-il tout à trac. J'avais eu un cauchemar et j'étais sorti pour prendre une bouffée d'air frais. Je vais rentrer dans ma chambre pour essayer de me rendormir. Bonne nuit.

— Bonne nuit, bonne nuit. »

CHAPITRE 10

Un grand oiseau noir aux ailes déployées et immobiles, peut-être un vautour, se mit à planer au-dessus d'eux, en cercles tantôt larges, tantôt plus resserrés, comme s'il cherchait ou regardait quelque chose de précis, pendant que le canot filait sur la lagune, en fendant sans bruit et sans écume l'eau sombre et scintillante. Lorenzo se souvint qu'il avait regardé du haut de l'avion le même paysage avant leur arrivée et qu'il en avait reçu une impression lugubre ; il se demanda si le paysage faisait sur l'oiseau le même effet. Mais non, réfléchit-il, l'oiseau ne pouvait s'en apercevoir, pour la bonne raison qu'il faisait partie intégrante de cette ambiance.

En tout cas, pensa-t-il encore, c'était Mayumba : un chalet alpin au sommet d'une hauteur à pic sur la mer puis la lagune, tantôt étroite, tantôt ample, avec ses rives, des deux côtés, encombrées de feuillage sombre et maussade, et enfin, là-bas, au loin, comme une promesse de liberté, de mouvement et de fraîcheur, la bande floue et vaporeuse de l'océan dont l'azur s'estompait dans le bleu du ciel

Il se surprit à se répéter en lui-même le nom de

cet endroit : « Mayumba ». Avec cet « y » liquide avant la syllabe sinistre « umba », il évoquait parfaitement l'atmosphère de ce lieu marécageux et inerte, endormi dans le soleil brûlant, entre les rives envahies par la forêt. Il regarda la surface de la lagune et vit beaucoup d'insectes filiformes qui se déplaçaient rapidement à ras de l'eau presque sans la toucher. Des plantes aquatiques flottaient çà et là avec des feuilles vertes et des fleurs bleues. Ces plantes bougeaient-elles ? Oui, probablement, mais ça ne se voyait pas.

Lorenzo contemplait ce paysage, avec agacement. Il lui semblait animé d'une volonté hostile, comme s'il avait été aussi sombre qu'il voulait le paraître. Pourquoi n'entendait-on aucun bruit sinon le teuf-teuf bavard du moteur du canot ? Pourquoi aucun vent ne soufflait-il et la végétation sur la rive était-elle aussi immobile ? Pourquoi n'y avait-il pas de cabanes ni aucune habitation ? Bref, pourquoi, tout en étant un paysage tropical chargé d'une énergie tumultueuse, ce lieu semblait-il, en réalité, privé de vie ?

En guise de réponse, au-delà d'un promontoire, voilà qu'apparaissait une anse au bout de laquelle se dressait un bâtiment à deux étages, dont la façade rose était noircie par l'humidité. Lorenzo se pencha vers le jeune Africain qui, assis en poupe, réglait la direction du gouvernail, et lui demanda :

« Qu'est-ce que c'est, ce bâtiment rose ? »

Le garçon tourna son regard vers la construction qu'il semblait voir pour la première fois :

« C'est la léproserie.

— Il y a beaucoup de lépreux ? demanda Nora, intriguée.

— Oui, beaucoup, répliqua le garçon avec assurance.

— Combien ?

— Plus de cent.

— Cent lépreux dans un bâtiment aussi petit ?

— Ou alors dix.

— Cent ou dix, il faudrait savoir ! protesta Colli, en se fâchant. Tranchons pour une vingtaine ?

— Oui, c'est ça, approuva le garçon avec ferveur. Une vingtaine.

— Et où sont-ils ? »

Le garçon regarda la léproserie. Derrière le bâtiment s'élevait une colline de terre rouge toute bardée de rangées ordonnées d'arbustes verts : une plantation. Entre deux rangées, on apercevait des hommes et des femmes coiffés de grands chapeaux de paille et vêtus de pyjamas clairs.

« Ils travaillent à la plantation de thé, expliqua le garçon, sur la colline. »

Il se tut un moment et ajouta :

« Il y a aussi les infirmiers et un médecin. »

Lorenzo regarda à son tour et, impulsivement, comme s'il se parlait à lui-même, déclara :

« Je voudrais vraiment savoir pourquoi il y a là une léproserie.

— Oh, elle est bien bonne, s'exclama Colli en riant, tout simplement parce qu'il y a des lépreux.

— Je dis cela, précisa Lorenzo, parce que tout est si parfait. Un paysage sinistre et hostile et, au milieu, à croire que c'est fait exprès, une léprose-rie. Vous admettrez qu'il y a de quoi se demander pourquoi. »

Colli rit à nouveau.

« Même en Italie, si vous voyiez un hôpital, que sais-je, moi, dans une localité solitaire de la Maremme, là aussi, vous vous demanderiez : pourquoi tout est-il si parfait ? »

Ils se turent à nouveau. En attendant, le canot continuait à avancer et bientôt la léproserie disparut, et, après avoir dépassé un promontoire, ils virent la forêt s'éclaircir et les rives devenir plus basses et plus nues, avec des cannaies touffues qui se densifiaient dans les baies. Puis soudain, il y eut comme une explosion de fraî-cheur et de mouvement dans la touffeur de l'air inerte. Au bout de la lagune, une bande jaune de sable apparut, derrière laquelle l'azur libre du ciel laissait deviner l'océan.

Le canot fila directement vers ce qui semblait être un embarcadère et qui, de près, se révéla être deux planches démantelées soutenues par des piliers pourris enfoncés dans la boue de la lagune. Colli voulut descendre le premier et plongea dans l'eau jusqu'à mi-mollet en s'écriant joyeusement :

« N'ayez pas peur, nous ne sommes pas au Brésil, il n'y a pas de piranhas. »

Gai et facétieux, il aida ensuite les trois autres à sauter du canot sur la digue sans se mouiller les pieds.

Mais la plage s'avéra plus éloignée qu'ils ne l'avaient imaginé. Entre la lagune et l'océan s'étendait une vaste côte caillouteuse, jonchée de taillis bas et chétifs. Puis, soudain, apparurent le sable jaune et lumineux de la plage et des vagues énormes et sans écume qui s'élevaient et retombaient sur le rivage. Lorenzo observa ce ressac régulier et, aurait-on dit, conscient de son mouvement monotone : il ne put s'empêcher d'éprouver la sensation d'avoir, pour ainsi dire, surpris l'océan absorbé dans l'incessante alternance de flux et de reflux, comme on surprend un animal sauvage au cœur de la forêt, ne s'occupant que de lui, innocent, inconscient et indifférent à toute autre présence. Il se rappela alors le dialogue nocturne avec Colli et les réflexions de ce dernier sur l'homme des cavernes victime d'un accident et il se dit que Colli, à sa façon, avait eu une sensation exacte de l'éternité de la nature indifférente et tournée seulement vers elle-même. Ces lames qui s'abattaient sur le rivage étaient les mêmes que celles du jour préhistorique où l'homme des cavernes était mort, écrasé par un arbre. Elles surgissaient de la même façon, elles s'élevaient et allaient se briser sur la rive. Lorenzo s'arrêta, laissa les autres passer devant, regarda encore. Quelques oiseaux marins planaient, pareils à des accents circonflexes désespérés sur la croupe puissante des vagues. Un bateau, fantôme gris et diaphane, apparaissait là-bas, au loin, suspendu entre le ciel et l'océan, près de la pointe du promontoire. Colli lui aussi s'était arrêté avec les deux femmes, un peu plus en avant :

« Quelle merveille ! Il n'y a vraiment personne.

— Il y a nous, protesta Ada, sur un ton de dépit, comme pour dire : nous sommes de trop.

— Heureusement pour nous, non ? » répondit aussitôt Colli.

Ils se mirent en marche, avancèrent un moment encore, se retrouvèrent sur la ligne de ressac : la frange noire et brillante des déchets marins, mêlés d'algues vertes et de crabes nains, blancs, morts, dessinait des arabesques dans le sable luisant, les vagues, avec leur flux et leur reflux, la déplaçaient en avant, en arrière, sans jamais l'emporter. Puis ils découvrirent de la ferraille qui démentait cet air de virginité préhistorique : un bidon de pétrole, cabossé et rouillé, à moitié rempli d'une vieille eau huileuse et à demi enfoncé dans le sable. Ils décidèrent de s'arrêter près du bidon, seul point de repère possible sur cette plage déserte. Ils posèrent leurs sacs à côté de la ferraille et commencèrent à se déshabiller.

Nora déclara alors avec naturel :

« Je me mets toute nue, puisqu'il n'y a personne de toute façon. Faites-le, vous aussi. »

La proposition fut approuvée par Colli avec un enjouement railleur :

« C'est une excellente idée, faisons un peu de nudisme ! »

Il fut soutenu silencieusement par Ada et Lorenzo. Ils se déshabillèrent à distance les uns des autres et Nora fut la première à sortir nue de sa combinaison bleue : en deux mouvements elle baissa sa fermeture Eclair et révéla qu'elle ne portait ni soutien-gorge ni slip. Ada, elle, ôta son tee-shirt blanc par le haut, fit tomber à ses chevilles sa jupe noire, apparut bardée d'un soutien-gorge et d'un slip et se libéra avec gêne, presque honteusement, comme si elle cherchait par ses gestes à cacher sa nudité. Lorenzo, désormais nu, regarda Colli, nu lui aussi. Colli, maigre, dégingandé, avec son pubis blondasse, frappait par la ressemblance de son sexe avec le reste de son corps : lui aussi long, pendouillant, malingre, hâve. Lorenzo ne put s'empêcher, en découvrant ce membre, de formuler une pensée qui semblait inspirée par la jalousie, mais qui, en réalité, était une tentative d'annuler la jalousie par une bizarre réflexion critique : « Et si ce membre, à l'air si peu viril, avait pénétré le sexe de Nora ? » Il s'efforça d'imaginer Colli au-dessus de Nora, lui avec son membre grossi et durci par l'érection, elle sur le dos, les jambes écartées, mais il n'y parvint pas. Il dit alors à Colli, en s'approchant de lui :

« Le nudisme est exactement ce qu'il nous faut pour écarter de nous toute pensée obscène. Une fois qu'on est nu, l'imagination meurt.

— Ce n'est pas ça, objecta Colli. C'est que nous sommes plus beaux habillés que nus. L'exception confirmant la règle, ajouta-t-il sur un ton impersonnel. Comme dans le cas de Nora et d'Ada.

— Contente-toi de dire dans le seul cas de Nora, riposta aigrement Ada. Moi, je n'ai rien à voir là-dedans.

— Voici une vague, s'écria Nora. Moi, je plonge ! »

Et faisant un grand bond, les mains jointes, elle se jeta la tête la première vers une vague énorme qui s'élevait à proximité de la plage. Elle se brisa sur Nora, la renversa et, pendant un moment, Lorenzo vit le corps blanc, la tête d'or se débattre dans l'eau glauque parsemée de grands cercles d'écume. Puis Nora se redressa et s'exclama, enivrée :

« C'est magnifique ! Venez donc, vous aussi ! »

Les trois autres pénétrèrent dans l'eau. Lorenzo fit mine de s'approcher de Nora, mais déjà Colli, plus rapide que lui, était à ses côtés, son corps nu effleurant presque le corps nu de Nora ; Lorenzo s'éloigna donc et s'immobilisa à une certaine distance d'eux. Ada, qui était isolée entre le couple et lui, vint à sa rencontre en disant :

« Crois-tu qu'il y ait des requins ? »

Elle avait une façon provocante de se lancer à l'eau avec son pubis noir tendu en avant, comme une proue, et cela irrita Lorenzo. Il dit sèchement :

« Evidemment qu'il y en a.

— Ils viennent jusqu'à la côte ? demanda-t-elle en s'approchant de lui.

— Ça va de soi, plaisanta Lorenzo. De même qu'il y a l'homme-buffle et la femme-léopard, il doit bien y avoir l'homme-requin. »

Tout à coup, en guise de conclusion à sa conversation avec Colli, Nora cria de loin :

« Nous, on va faire une promenade. »

Lorenzo les vit se diriger sur-le-champ vers le rivage et, d'un mouvement instinctif, il s'apprêta à les suivre. Ada le saisit par le bras :

« Reste ici avec moi. Qu'est-ce que ça te fait ? »

Lorenzo s'arrêta et regarda encore Colli et Nora qui marchaient dans l'eau vers la rive. Ada ajouta :

« Cette nuit, ils se sont retrouvés.

— Comment peux-tu le savoir ?

« — Je suis allée frapper à la porte de Flavio et il n'était pas là.

— Il était avec moi sur la terrasse, répondit Lorenzo avec agacement. Nous avons bavardé.

— Quelle heure était-il ?

— Je n'en sais rien, répliqua Lorenzo, exaspéré, et je n'ai aucune envie de le savoir. »

Maintenant, là-bas, sur la rive, Colli et Nora, sortis de l'eau, s'étaient remis à marcher, le long de la baie qui paraissait déserte à perte de vue.

« Ils n'iront pas loin, assura Ada.

— Pourquoi ?

— Parce qu'ils trouveront tout de suite un endroit idéal pour faire l'amour. »

Lorenzo la fixa. Sur son visage pâle et usé, ses yeux avaient une expression égarée et malheureuse, qui toutefois était démentie par le corps robuste et juvénile, dressé, les jambes écartées dans l'eau. Encore une fois, il fut frappé par le contraste entre son visage et son corps, que l'on devinait à peine sous les vêtements, mais qui, nu, se révélait de façon troublante. Il demanda avec une froideur pointilleuse :

« Pourquoi me dis-tu cela ?

— Parce que c'est la vérité.

— A moins que ce ne soit pour m'inviter à en faire autant avec toi ?

— Egalement.

— Mais pourquoi devrions-nous faire une fois de plus quelque chose pour la seule raison qu'ils le font ? »

Elle haussa les épaules et ne dit rien. Une vague survint, tous deux attendirent qu'elle fût passée, Lorenzo reprit avec une obstination didactique presque enjouée :

« Ne sais-tu pas qu'il est important de savoir pourquoi on fait quelque chose ? Pourquoi donc, d'après toi, devrions-nous maintenant retourner sur le rivage et, là-bas, près du bidon, nous jeter dans les bras l'un de l'autre ? »

Ada saisit le ton ludique et s'efforça de s'y tenir à son tour :

« Parce que c'est évident : tu me plais. »

Elle se tut un moment et ajouta alors avec une coquetterie maladroite, en lançant un regard vers le bas-ventre de Lorenzo où un début d'érection était visible :

« Et aussi parce que, à ce qu'il semble, je te plais. »

C'était une manière pathétique de ramener leur complicité dans la jalousie au niveau d'un simple phénomène naturel. Mais Lorenzo, peut-être plus agacé contre lui-même, à cause de son trouble, que contre elle, ne l'accepta pas :

« Peut-on savoir ce que tu attends de moi ? Nous ne faisons que répéter ce qu'ils font, mais nous ne sommes pas, nous ne serons jamais amants, parce que tu aimes ton mari et que j'aime ma femme. Nous sommes tous les deux jaloux d'eux, voilà la vérité, et pourquoi faire l'amour alors ?

— Allons ! dit-elle dans un ultime effort. Ne le prends pas comme ça. Laisse-toi vivre »

Ses yeux continuaient à être égarés, mais elle tentait de sourire, sans paraître y parvenir. Lorenzo réagit avec violence :

« Mais quelle femme es-tu donc ? Une autre à ta place m'aurait déjà envoyé au diable ! »

Brusquement, elle s'écarta et déclara avec dignité :

« Je suis une femme qui méritait plus que toi ou que mon mari. Infiniment meilleure que ta pute de femme. »

Quand elle eut prononcé ces mots, elle lui tourna le dos. Une vague l'agressa, elle se jeta en avant, secondant la poussée ; renversée, elle se redressa près de la rive. Lorenzo la vit sortir de l'eau, hésiter, puis s'avancer dans la direction opposée à celle que Colli et Nora avaient prise.

Lorenzo la regarda marcher toute seule sur la plage déserte ; puis il sortit de la mer à son tour et resta un moment immobile, scrutant le rivage. A présent, Colli et Nora avaient disparu, la plage s'incurvait, complètement déserte jusqu'à la pointe du promontoire. Dans la direction opposée on pouvait voir Ada marcher solitaire dans un désert analogue. Où aller ? Vers Ada, vers sa jalousie ? Ou bien fallait-il prendre la direction contraire, au risque de tomber sur Colli et Nora, isolés et heureux ? Sans se l'avouer, il se sentait attiré obscurément par ces deux derniers. Il se mit donc en route le long de la plage.

Maintenant le soleil tapait à pic, si ardent sur la nuque et sur les épaules qu'il lui donnait l'impression de ne brûler que pour lui. Lorenzo marchait, les yeux baissés, tournés vers le sable mouillé sur lequel de temps en temps une vague répandait son voile liquide ; s'il regardait devant lui, l'éclat du soleil l'éblouissait. Ce fut dans un instant d'aveuglement qu'il aperçut soudain

Colli qui se dirigeait, seul, vers lui. D'où avait-il surgi, puisque juste auparavant la plage paraissait déserte ? Lorenzo fut brusquement frappé par l'incongruité de leur nudité. La nudité décontractée du nudisme n'était-elle pas quelque chose à pratiquer en groupe, hommes et femmes ensemble ? Toutefois, avant même que Colli ne fût près de lui, il cria :

« Et Nora, où est-elle ? »

Colli esquissa un geste vague en direction de la plage :

« Là-bas, elle m'a dit qu'elle voulait être seule et réfléchir.

— Réfléchir à quoi ? questionna Lorenzo, malgré lui, en pensant à la proposition de mariage que Colli avait faite à Nora.

— Vous savez, vous, à quoi réfléchissent les femmes, quand elles disent qu'elles veulent réfléchir ? » demanda Colli avec son habituel enjouement.

Lorenzo se dit, tout à coup, qu'il devait en être exactement ainsi : Nora avait demandé à être laissée seule pour réfléchir, en prétextant le seul motif qui convaincrait Colli de s'éloigner : sa proposition de mariage. C'est comme ça qu'il s'expliquait aussi le caractère forcé de l'enjouement de Colli : ce dernier savait à quoi Nora voulait réfléchir et il essayait de cacher son anxiété sous sa gaieté coutumière. Il lui vint à l'esprit qu'il devrait rattraper au plus vite Nora, et même, s'il était encore possible d'intervenir, d'influencer en sa faveur la réflexion annoncée. Mais il n'eut pas le temps de parler, car Colli, avec une gaieté plus naturelle, reprit aussitôt :

« A propos, vous savez qu'en me promenant dans cet endroit merveilleux, à l'aspect si préhistorique, je me suis souvenu de l'homme des cavernes dont on a parlé cette nuit ? Mais sous un autre jour, en ne pensant plus à l'accident malheureux qui a tronqué sa vie, mais à une journée heureuse.

— Heureuse ?

— Oui, bien sûr, heureuse. J'ai imaginé qu'il y a quelques millions d'années, l'*homo habilis*, par une belle matinée de la préhistoire, venait se promener avec sa famille sur ce rivage. Lui, sa femme, ses enfants. Une petite famille convenable qui se promène au soleil le dimanche. Mais tout à coup, voici que sort du bois une autre femme qui, se déhanchant gracieusement, s'approche de la mer, pour son bain matinal, si ça se trouve. Cette vue provoque chez notre *homo habilis* une soudaine fureur érotique. Il oublie sa famille, il va vers la femme inconnue. Vous savez que l'homme des cavernes n'avait probablement pas encore appris à étreindre une femme de face, il la pénétrait par-derrière, comme du reste tous les animaux. Voici donc notre *homo habilis* qui se précipite vers cette femme solitaire qui naturellement tente de s'enfuir. Il la rattrape, la saisit par les épaules, l'oblige à se pencher, l'immobilise, la pénètre par-derrière. Elle réagit, se débat, essaie de le mordre, mais finit par céder et jouit à son tour. Une fois cela terminé, elle s'intègre docilement à la famille. Et la promenade dominicale reprend. »

Colli éclata de rire et ajouta :

« C'est incroyable comme le paysage influence

l'imagination. En Italie, les mammouths, paraît-il, circulaient sur les plages du Circeo. Mais qui pourrait penser une chose pareille ? Alors qu'ici, peut-être parce qu'il n'y a pas âme qui vive sur des centaines de kilomètres, la vue d'un dinosaure long de trente mètres qui déboucherait là-bas de ce bois n'étonnerait pas tant que cela. On dirait : " Tiens, qu'est-ce qu'il fait par ici celui-là ? " »

Lorenzo demanda brusquement :

« Colli, vous continuez de ce côté ?

— Oui, je vais m'habiller. Il se fait tard.

— Je vais avertir Nora de venir s'habiller elle aussi. A tout de suite.

— A tout de suite. »

Ils s'éloignèrent l'un de l'autre, en se dépêchant presque, comme après une rencontre mutuellement désagréable. Lorenzo ne pouvait s'empêcher de se sentir obscurément vexé par l'évocation des amours de l'homme des cavernes, que Colli avait faite, Dieu sait pourquoi. Puis, soudain, il en décela la raison. Il était clair que Colli s'identifiait — comme la nuit dernière — à l'*homo habilis* et que Nora était la femme qu'il pénétrait par-derrière. Mais peut-être, pensa-t-il tout à coup avec une clairvoyance rageuse, tout s'était-il déjà produit, Colli avait réellement violé Nora dans un recoin de la plage et puis, en rencontrant Lorenzo, il n'avait pas résisté à la tentation de le lui raconter et de s'en vanter. C'est surtout ainsi que s'expliquait parfaitement le désir qu'avait Nora de rester seule pour réfléchir. C'était le moins qu'on pût exiger en de pareilles circonstances !

188

Lorenzo remarquait, avec une lucidité exaspérée, le caractère comique de son hypothèse, mais en même temps il ne pouvait faire autrement que de la sentir malheureusement vraisemblable et accordée à sa situation conjugale. Que pouvait-on penser d'autre avec un homme comme Colli et une femme comme Nora ? Et surtout avec un homme aussi jaloux que lui-même ? Tout concordait, même si tout confinait à une comédie pathétique et grotesque à la fois.

Il marchait, la tête baissée, se dirigeant presque d'instinct vers un bois qui, au milieu de la baie, s'avançait sur la plage. Peut-être que s'il y avait effectivement eu viol, il s'était produit dans l'obscurité de la forêt tropicale. C'était là que Nora, souffrante, échevelée, outragée, mais désormais soumise, réfléchissait à l'offre réparatrice du mariage. Mais lorsqu'il leva les yeux vers le bois, dont les branches les plus basses formaient comme une impénétrable barrière de feuillage sombre, menaçant et immobile, il comprit que Nora ne pouvait être là, on ne voyait pas comment Colli et elle auraient pu y pénétrer. Il détourna les yeux du bois, les dirigea vers l'océan et aperçut alors Nora. Elle était dans l'eau, très loin du rivage, elle le regardait. Une petite vague survint, elle fit mécaniquement un petit bond pour la surmonter, puis se remit à le regarder, en silence, immobile. Surpris, Lorenzo cria :

« Que fais-tu là-bas ?

— Je n'en sais rien, répondit-elle sans bouger.

— Qu'est-ce que ça veut dire que tu n'en sais rien ?

— Je n'en sais rien. »

Lorenzo entra dans l'eau et rejoignit rapidement Nora. Elle se jeta aussitôt à son cou :

« Quelque chose est sorti de ce bois. J'ai eu peur, j'ai couru dans l'eau et je me suis éloignée, et quand je me suis retournée, il n'y avait plus rien.

— Mais qu'est-ce que c'était ?

— Je n'en sais rien.

— Comment peux-tu ne pas le savoir, puisque tu l'as vu ?

— Je l'ai vu, ça oui.

— Alors qu'est-ce que c'était ?

— Je n'en sais rien.

— Ce doit être un animal quelconque.

— Oui, peut-être un animal.

— Un singe. Il y en a de grands. Les cynocéphales.

— Oui, ce doit être un singe. Mais ne parlons pas. Restons comme ça dans l'eau, sans rien dire. C'est si beau. »

Maintenant, elle n'avait plus l'air effrayé. Elle parlait à voix basse, plus par un besoin d'intimité que par la prudence qui lui aurait été dictée par la peur. En même temps, elle avançait son ventre contre celui de Lorenzo, d'une façon franche et obstinée, comme si elle avait cherché, avec son sexe, celui de son mari. Il s'écarta légèrement, regarda vers le bas : dans la transparence glauque de l'eau, on apercevait la toison blonde saillir sur le ventre blanc et creusé. Nora demanda :

« Tu ne veux pas ?

— Là, dans l'eau ?

— Oui, dans l'eau, c'est plus beau. Allez, laisse-toi faire. »

Elle murmurait, pressante, se serrant contre lui, elle avait empoigné dans sa main le membre en érection et tantôt le dirigeait vers son ventre, tantôt le secouait de façon impatiente et maladroite. Lorenzo se demanda tout à coup quand il avait entendu cette phrase : « Laisse-toi faire » et il se rappela : pour les mêmes raisons, tout à l'heure, debout près de lui dans l'eau, Ada avait prononcé une phrase analogue : « Laisse-toi vivre ». Il pensa que, pour une fois, le rapport spéculaire entre Ada et lui se renversait : maintenant ce n'était pas Ada qui imitait Nora, mais Nora qui imitait Ada, avec le même geste, les mêmes paroles, le même désir. A cette idée, la caresse de Nora produisit son effet : il sentit qu'il éjaculait avec une douceur aisée et naturelle, comme s'il avait fait l'amour non pas avec Nora, mais avec une créature marine faite d'eau profonde et mobile. Puis ils se séparèrent et Lorenzo baissa les yeux : le serpenteau de sperme ondoyait sous l'eau, en s'allongeant et se défaisant.

« Regarde, dit Nora, c'est toi. »

Et elle plongea une main comme pour saisir le filament diaphane. Lorenzo encore troublé murmura :

« Oui, c'était moi. »

Puis ils sortirent de l'eau, en se tenant par la main et marchèrent sans parler sur la partie mouillée de la plage jusqu'au bidon près duquel ils trouvèrent Colli et Ada, déjà rhabillés et prêts à repartir. Colli les accueillit avec une jovialité forcée, en s'adressant à Nora :

« Alors, tu as réfléchi ? »

Et sans attendre la réponse :

« Allons, dépêchez-vous, habillez-vous. Tant qu'on était nu tous les quatre, on n'y faisait pas attention. Mais nous sommes habillés et alors la différence apparaît.

— Quelle différence ?

— C'est qu'on ne peut pas s'empêcher de vous regarder et de se demander : mais ces deux-là ne se rendent-ils pas compte qu'ils sont nus ? Où croient-ils être ? »

Personne ne rit. Lorenzo se demanda encore une fois à quoi Nora avait réfléchi et quelle avait été la conclusion de ses réflexions.

Maintenant rhabillés tous les quatre, ils se dirigèrent lentement en diagonale vers la plage, en marchant sur le sable brûlant et malléable sous le soleil éclatant. Puis ils passèrent avec soulagement de cette zone étouffante à l'herbe du rivage et rejoignirent ensuite le bord de la lagune. Le canot était là, amarré à la petite jetée de planches démantelées, dans l'eau noire et salie çà et là par des flaques de vase verte : le jeune Africain dormait, recroquevillé au fond. Ils réveillèrent le garçon qui bondit sur ses pieds, stupéfait, et sautèrent l'un après l'autre dans le canot. Cette fois, personne ne parla, pas même quand Ada calcula mal la distance et s'enfonça dans l'eau jusqu'à mi-mollet, s'exclamant au comble de l'exaspération :

« Maudite Afrique ! »

Le garçon s'assit en poupe, tira le cordon du

hors-bord, le moteur se mit en marche et le canot démarra.

Ils étaient assis l'un devant l'autre, sur les bancs du canot, sans parler, regardant la lagune. Le soleil tapait dur, Lorenzo était obligé de fermer les yeux, ébloui, et alors, il ne cessait de se revoir dans l'eau, d'abord avec Ada et ensuite avec Nora, dans la même situation et, toutefois, avec des sentiments si différents. Que s'était-il passé pour qu'il ait repoussé la caresse d'Ada et, peu après, accepté celle de Nora? Qu'était-il vraiment arrivé? Il savait parfaitement ce qui s'était produit, mais il se complaisait tout de même dans l'évocation des deux scènes si semblables, avec un ravissement obtus, fasciné, obscur.

Il tressaillit à la voix de Colli qui annonça :

« Voici la léproserie. »

Il ouvrit les yeux et regarda. Le bâtiment d'un rose fumé avait une horloge au milieu de sa façade toujours fixée à la même heure depuis qu'ils étaient passés devant, le matin même. Sur la colline, entre les rangées de ceps de vigne, on ne voyait plus les lépreux en pyjamas rayés et coiffés de grands chapeaux de paille. Lorenzo pensa qu'à cette heure les lépreux mangeaient et il imagina la communauté des malades, assis à table, dans un réfectoire nu. Puis il détacha les yeux de la léproserie et les baissa par hasard vers le fond du canot. Il vit alors quelque chose d'insolite : il y avait cinq centimètres d'eau qui ondoyait à chaque oscillation. Il comprit soudain : la coque était percée et prenait l'eau. Plus surpris qu'alarmé, il interrogea le garçon :

« Mais qu'est-ce que c'est, cette eau ? »

Le jeune Africain regarda ses pieds et répondit avec indifférence comme s'il s'était agi de quelque chose qui lui était connu :

« Il y a un trou. »

Presque au même moment, le canot eut une vibration plus forte, l'eau passa d'un côté à l'autre et effleura presque la rambarde. Colli, tout à coup, eut de l'eau jusqu'aux genoux, il s'éveilla de sa torpeur en s'exclamant d'une voix rendue violente par la frayeur :

« Mais qu'est-ce que c'est que toute cette eau ? »

Et il se mit debout. Lorenzo ordonna au garçon :

« Vite, retournons sur la rive. »

Mais il était trop tard et tout advint en un rien de temps. Pendant que le canot faisait cap sur la rive, l'eau entra en abondance, mais d'un seul côté. Colli cria encore :

« On est en train de couler, ici. »

Et au même instant, il essaya de passer de l'autre côté. Mais il n'y parvint pas parce que Ada s'était levée elle aussi et s'était jetée sur lui en s'agrippant frénétiquement. Lorenzo vit Colli agiter les bras comme quelqu'un qui perd son équilibre et piquer dans l'eau avec sa femme. Le canot toutefois ne coula pas et le garçon qui était resté au gouvernail le dirigea jusqu'à ce que la proue presque submergée heurtât les piliers de l'embarcadère de la léproserie. Lorenzo, Nora et le garçon sautèrent dans l'eau et se hissèrent sur la jetée. Ce ne fut que lorsque Ada eut réussi à les rejoindre qu'ils s'aperçurent que Colli n'était pas là, ni près de l'embarcadère où le canot flottait encore, plein d'eau jusqu'aux bords, ni au large, ni en aucun endroit de la lagune qui avait retrouvé son immobilité éclatante au soleil.

La nuit venue, on suspendit la recherche du corps de Colli et on la remit au lendemain. Nora, après être longtemps restée près d'Ada, revint dans la chambre de Lorenzo qui l'attendait, étendu sur le lit. Elle dit en s'asseyant à ses côtés :

« Elle ne fait que pleurer. Il ne savait pas nager. Elle est persuadée que c'est sa faute s'il s'est noyé, parce qu'elle s'est agrippée à lui et qu'elle l'a fait tomber dans l'eau. »

Lorenzo se redressa pour s'asseoir sur le lit et lança d'une voix dure :

« Oui, c'est vrai, peut-être était-ce sa faute. Et alors ? »

Son ton était empreint d'un obscur ressentiment. Nora fut étonnée :

« Mais qu'as-tu ?

— Je n'ai rien, répliqua-t-il avec une colère soudaine. C'est la mort que méritait cet homme si sûr de lui et de son bon sens stupide : mourir victime de la jalousie de sa femme encore plus stupide. »

Nora le regarda ou plutôt tourna vers lui ses yeux étincelants et privés de regard, et murmura avec douceur :

« Lorenzo, on ne parle pas ainsi d'un mort. Et puis il n'était pas stupide. J'ai beaucoup parlé avec lui au cours de ce voyage.

— Je le sais.

— Il était très intelligent et il était complètement torturé par une foule de questions et de problèmes. Il ne s'exprimait pas stupidement, non, vraiment pas.

— Je ne peux pas le croire. C'était un homme stupide et il doit s'être exprimé stupidement.

— Il était loin d'être heureux, poursuivit-elle après un court silence, comme si elle se rappelait quelque chose de précis.

— Voyons, pourquoi, d'après toi, était-il malheureux ?

— Il l'était, c'est tout. »

Lorenzo se mit en rage.

« Pourquoi était-il malheureux. Parle, espèce de bête, pourquoi était-il malheureux ? »

Mais tout en disant « espèce de bête », il s'aperçut qu'il ne voulait pas l'insulter : seulement faire allusion à son caractère de félin énigmatique et impénétrable. Nora sentit peut-être que l'insulte n'en était pas une, car elle répondit avec fermeté :

« Je ne te le dirai pas. C'était quelque chose qui ne te regarde pas, qui ne regardait que nous, lui et moi. »

POSTFACE

Durant les deux dernières années de sa vie, Alberto Moravia travailla à un roman qu'il intitula *La femme-léopard*. Il avait parlé de ce titre à ses amis dès les premiers mois de son travail, comme cela lui était arrivé en d'autres semblables occasions. Mais il n'évoquait pas le contenu ni le thème du roman et cela aussi entrait dans ses habitudes. Il tenait au secret de son laboratoire ; en bon artisan, il pensait au résultat achevé. Il ne considérait pas que les moindres étapes vers ce résultat présentaient un intérêt objectif : cela ne concernait que lui, sa propre obstination et son travail d'écrivain.

Moravia procédait par approximations successives, il l'a confié à plusieurs reprises : il progressait par versions qu'il perfectionnait avec une attention méticuleuse. Une fois qu'une version était terminée, il recommençait, mettant de côté et oubliant délibérément ce qu'il avait écrit jusque-là.

Il s'agissait d'arriver à un point d'équilibre et de transparence. Quand ce point était atteint, la version en cours s'avérait la seule à sauver et les précédentes étaient détruites.

Le matin de sa mort, sur son bureau, se trouvait la dernière version de *La femme-léopard*, conservée avec soin dans une chemise bleue rigide. Il y avait inscrit le mot « fin » quelques jours auparavant. Il avait pris rendez-vous pour le lendemain avec une dactylo. Il dicterait, comme il en avait l'habitude, et, à l'occasion, corrigerait çà et là la forme. Le roman passerait alors de l'état de manuscrit à l'état dactylographié.

Les dernières années, Moravia s'était de plus en plus accoutumé à écrire à la main, avec un stylo à bille, sur des feuilles blanches extra strong $21 \times 29,7$ ou sur des feuillets millimétrés de l'hebdomadaire *L'Espresso* (parfois sur de grands cahiers de format de comptabilité), aussi bien ses textes de fiction que ses articles. Il souffrait de problèmes d'articulations aux doigts, ce qui l'éloignait de plus en plus de son ancienne habitude d'écrire à la machine.

Quelques jours auparavant, il avait annoncé joyeusement à quelques amis et à son éditeur qu'il était parvenu au point final de *La femme-léopard* et que la remise du roman serait imminente.

Le manuscrit de cette version compte deux cent trois feuillets, numérotés par l'auteur lui-même — lequel n'a pas eu le temps de détruire, comme il le faisait habituellement, les versions précédentes. Nous avons donc au moins trois autres états du même roman : l'un de trois cent trois feuillets, un deuxième de cent quatre-vingt-sept et un troisième, que j'estime incomplet et dont, jusqu'ici, on n'a retrouvé que les feuillets restants, au nombre de cent quatre-vingts. Il s'agit toutefois toujours de versions non alternatives, mais disposées selon une progression soigneuse de dépouillement thématique, qui met en évidence l'essentiel de l'intrigue romanesque ; leur lecture permettait de comprendre que la méthode de travail de Moravia consistait dans la recherche d'une limpidité et d'une délicatesse d'enchaînement narratif qui seules pouvaient garantir la force dramatique du récit.

Les coupes, les remords sont rares dans les différentes versions et la ponctuation très économe. Le début et la fin sont inchangés dans les diverses étapes. Il semblerait que la structure narrative fût claire dans l'esprit du romancier, sans hésitation sur la conception d'ensemble, claire dans son développement, dans sa dynamique. La transcription du manuscrit n'a pas présenté de difficulté particulière[1] : une écriture lisible et bien formée, quoique nerveuse, remplit de haut en bas les feuillets, en suivant des lignes le plus souvent droites et parallèles, tout au plus inclinées de la gauche vers la droite.

*

La femme-léopard appartient à ce que le critique Emilio Cecchi appelait « le meilleur Moravia », le Moravia des romans à souffle court, comme *Agostino*, *La désobéissance*, *L'amour conjugal*. Il pourrait même apparaître comme une reprise et une variation de ce dernier, en

---

1. Sauf en deux endroits signalés par [...] (N.d.T.).

déplaçant l'axe vers une atmosphère plus énigmatique, troublée, lyrique.

La conclusion — et c'est étrange chez un écrivain comme Moravia, qui a toujours veillé à expliciter ses romans de la façon la plus lumineuse possible, sous un jour qui éclairait dans les moindres détails tout ce que l'intrigue pouvait avoir laissé dans l'ombre et le doute —, la conclusion de *La femme-léopard* consiste dans une mort qui marque tout le projet romanesque du sceau du mystère de son inspiration.

Avec *La femme-léopard* est-on ou non en présence de l'histoire d'une jalousie et d'une trahison amoureuse, de la souffrance d'un voyeur et de la douloureuse impossibilité de comprendre ce qui s'est passé ? Eh bien, c'est un peu tout cela, mais sans dénouement délibéré. La question, et la nécessité d'une réponse quelle qu'elle soit, qui naissent et hantent de façon de plus en plus récurrente l'esprit de Lorenzo, le héros masculin, ne trouvent pas de solution. Moravia semblerait parvenu, dans ce roman, à un moment extrême de sa méditation existentielle : la vie ne nous connaît pas et nous ne la connaissons pas.

En l'occurrence, la vie est présentée sous la métaphore d'une femme, dont le caractère félin et impénétrable est le trait saillant : caractère qui trouve un complément dans la projection d'un paysage d'autant plus fascinant qu'il est lui-même impénétrable, l'Afrique noire.

Fascinante par sa beauté, jamais hostile, mais mystérieuse, l'Afrique résume, dans la représentation qu'en donne Moravia, le sens ultime du roman, qui rappelle, et ce n'est pas, je crois, un hasard, le mystère d'*Au cœur des ténèbres* de Conrad, roman qui hantait l'esprit de Moravia dans les derniers temps, et dont il appréciait plus la structure générale que les détails.

Dans le caprice féminin, dans le caprice de la nature, Moravia lit ici un avertissement métaphysique, et la lumière qu'ils répandent sur ces pages est la même, immobile, alarmante, mais heureuse et douce dans sa fixité, que celle que nous voyons éclairer certaines toiles de Max Ernst, le Max Ernst des années cinquante, du *Paysage extraordinaire*, du *Chant tordu de la terre* ou de la *Colline inspirée*.

Ce n'est pas une sur-réalité, mais plutôt une métaphysique qui plane sur l'inspiration dramatique et visuelle de ce Moravia : il ne pouvait trouver de meilleure façon de prendre congé de la vie physique.

Enzo Siciliano[1]

1. Romancier et critique, E. Siciliano est l'auteur de plusieurs ouvrages sur Alberto Moravia et d'une histoire de la littérature italienne. Il a, par ailleurs, dirigé avec Moravia *Nuovi Argomenti*, dont il est encore l'un des co-directeurs.

*Cet ouvrage a été composé
par l'Imprimerie BUSSIÈRE
et imprimé sur presse CAMERON
dans les ateliers de la S.E.P.C.
à Saint-Amand-Montrond (Cher)
en septembre 1991*

N° d'édition : 13384. N° d'impression : 2415-1774.
Dépôt légal : octobre 1991
Imprimé en France